U0023634

最佳講稿撰寫

Writing Great Speeches

Professional Techniques You Can Use

Alan M. Perlman

Copyright © 1998 by Allyn and Bacon

Chinese Complex Character Edition Copyright © 1998
by Yang-Chih Book Co., Ltd
Printed in Taipei, Taiwan, R.O.C.

All rights reserved. No part of the material protected by this copyright notice may be reproduced or utilized in any form or by any means, electronic or mechanical including photocopying, recording, or by any information storage and retrieval system, without the written permission of the copyright owner.

ISBN:957-8637-94-2

Speaker 出版總序

現今的世界是一個注重溝通及訊息大量快速傳遞的社會，也是一個需要懂得適時表達自己意見的時代，當意見的表達夠清楚明瞭，對方懂得你的意思時，許多事情才能順利進行；反之，則可能影響到事務進展的效率，甚而產生不可挽救的後果，大則如：一筆高利潤的生意就此泡湯或國家形象受挫，小則如：朋友間感情破裂。古人云：「一言以興邦，一言以喪邦。」這句話正明白揭示了語言的影響力及其重要性，但也不禁讓人玩味的是：怎麼樣的言語何以能興邦或者喪邦？有人認為說話有何難，這是不瞭解個中三昧的人說的話：其實，語言表達的學問可不簡單，所謂「一樣米養百樣人」，每個人因為生活經驗、教育程度、人格特質等因素，對於訊息的接收會有不同的解讀與感受，因此，訊息的傳遞若要能達到特定的效果，勢必要對於聆聽者與環境等相關因素有所瞭解，由此發展出一定的技巧並運用妥當始能竟其功。

揚智出版公司這套Speaker系列叢書的規劃，即是在一個觀念的認知下產生的：成功的演說（不論型式與目的）是需要高度技巧的活動，當中融合了知識力、情緒力與判斷力，整體而言，就是一門藝術。而此套書即在提供基本概念、理論基礎、技術分析及實務操作上的知識與資訊，以此建構出演說的自信心，期能嘉惠社會上各界的朋友。

水能載舟，亦能覆舟。企盼讀者在閱讀了本系列叢書之後，能「如魚得水」，不僅能喜好演說、享受演說，也能因演說而獲得幸福與財富！

來自國際主持人協會的話

如果你已擁有這一系列有關於公開演講的著作後，還有誰會需要另一本類似的書籍呢？誠如各位所言，這畢竟是一項需要藉由練習與「身體力行」才能學得其精髓的技巧。以上所言不假，但是，來自於那些曾經和你處於相同狀況的人們所洞析的心得與經驗，或許有助於減輕你在這條路上將遭遇到的某些困難與挫折，並能針對如何處理怯場與結巴的演說技巧，提供唾手可得的建言。

總言之，如果練習是使公開演說得以表現傑出的最佳解決方式，那麼在國內為何又會有如此多的演講者無法有效率地進行演說呢？各位不妨想想，許多政治人物、企業主管、專業銷售人員、教師及傳教士們之所以無法打動聽眾的心，是因為他們犯了某些基本的錯誤。例如，講話速度過快或內容太過冗長，並且事先未做好妥當的準備，以及忘了去分析他們的聽眾。

下列這種狀況可說是屢見不鮮：我們常假設由於自己在傳達時已竭盡全力，因此人們自然能瞭解我們所言。但是，沒有任何事情能比事實更令人啞口無言！聽眾對我們所做的判斷，係以他們「認為」我們所說的，而非以我們意圖傳達或真正的意思來作為基礎。簡言之，我們所傳達的意旨及我們的可信度才是吸引聽眾的最主要關鍵。因此，此系列叢書的付梓，便是要對各位的傳達過程提供幫助，讓你好整以暇地應付各種突發狀況，警告你各種可能的陷阱，以及因而達到確保聽眾們所接受到的訊息與你所想要傳達者完全一致的目標。

本系列叢書提供給各位的，乃是許多與演講有關之領域中的專家們累積多年的智慧心血結晶。這些著作都是由受過學術訓練的專家們所編撰，他們在撰述、從事演講及教育訓練方面，都有數十年的經驗。這套叢書涵蓋了與演說有關的各項領域：如何編寫引人入勝的講稿、運用故事敘述與幽默感、針對不同的聽眾群設計投其所好的特定主題、激勵人們做出回應、利用科技來做介紹或發表，以及其他的重要主題。

不論你是一位毫無經驗或是純熟老練的公開演說者，此系列叢書都值得你典藏閱覽。因為不論你多麼優秀，必定仍有精益求精的空間。成為一位更有效率的演說者之關鍵就掌握在你手中：你是否願意依照這套叢書中所概述的各項技巧與建議，來做自我進修式的練習？

我真的相信：每位衷心希望能成為一個信心十足、魅力無窮之公開演說者的人，必定能遂其所願。在這個領域中的成功或失敗，完全決定於你的態度。天底下並無所謂的「毫無可能之事」，有志者，事竟成！因此，你如果想要增強個人與職業上的成就，我鼓勵各位藉由下列兩個途徑而成為一個更優秀的公共演說者：

◆詳細閱讀此套叢書。

◆坐而言不如起而行——練習你由書中所學習到的技巧。

——泰倫斯．麥肯（Terrence J. Mc Cann）

國際主持人公司執行理事

來自全國演說者協會的話

若想成為一位真正的專家，學校絕不是解決的辦法。此系列叢書的問世，便是為了將各種觀念及資訊，與那些企圖讓自己發展為演說者的人們一起分享。身為一個擁有超過三千七百位專業演說者，且致力於使演說及其價值更為精進的團體，全國演說者協會對此套涵蓋範圍廣泛、極具教育性的鉅作深表歡迎。

專業演說的領域乃是由許多才華洋溢、來自各行各業的人們所組成，其中包括：諮詢顧問人員、訓練人員、教育學者、幽默作家、企業專家、作者及其他不勝枚舉的許多人。全國演說者協會將這些來自於四面八方的專業演說者聚集在一起，以便為他們的客戶提供更好的服務，使他們的事業得以提升，並幫助他們的個人與專業發展能更上一層樓。

在此系列叢書中，各位將可看到全國演說者協會的成員們所提供的各種專業知識與寶貴經驗。這種觀念與知識的分享，乃是全國演說者協會之會員的一項關鍵要素。全國演說者協會的創始人與會長——艾默里特士・卡維特・羅勃（Emeritus Cavett Robert）曾說過：「在價值上遠比第一手來得更為重要的二手事物，就只有經驗了！我們的生命極為短暫，沒有足夠的時間可透過嘗試錯誤法來進行學習；因此，最佳的途徑唯有讓你在『他人經驗』中去獲得提升」。

「資訊時代」已創造出一種對專業演說者的龐大需求；「教育」將成為全球最高度成長的行業之一，這也是不足為奇的結果。然而，可能讓我們感到訝異的是，當我們在談到教育時，所指的並不是傳統的大學院校，取而代之的是每天都在各大飯店與團體訓練場合中所進行的學習。提供這些學習經驗的「教授群」，通常都是學有專精的演說者。

在這項快速成長的會議業務中，演說者們乃是一項關鍵要素。依據美國公會主管協會的報告顯示，這個會議市場是個營業額高達七百五十億美元的行業。此外，根據美國訓練與發展協會的估計，光是在人力資源發展的領域中，每年的營業額成長就超過一千億美元。

置身於這個新世紀中的聽眾，將會與過去的聽眾截然不同。他們不再以作為一位靜坐聆聽及被動默從的聽眾為滿足；他們想要在學習中扮演一種主動積極的角色；並要求使用更易於理解的科技方式，來介紹或發表敏銳犀利的資訊。那些無法提供此類可讓聽眾加以運用的資訊與內容的演說者及訓練人員，馬上就會發現這些聽眾並不怯於「腳底抹油溜之大吉」。

有鑑於此，我們歡迎各位進入演說這個領域。當你在研讀此套叢書中的各冊內容時，你將會探索到公開與專業演說中的許多方面。各位即將開始參與一項重要的學習經驗——它將會拓展你作為一位公開演說者的視野，而且也可能灌輸你某種欲望，將演說作為你事業生涯中的一個重要層面。全國演說者協會，這個「專業演說的發表機構」，已準備好提供各位與演說這個行業有關的資訊，以及你在將演說這個職業作為一種抉擇時所必需的各項資源。

——愛德華・史肯奈爾（Edward E. Scannell）

全國演說者協會臨時執行副總裁

「Alan M. Perlman 的著作，已被稱之為『基本的演說者手冊』。這些書中充滿了各種專業的建議、實際的忠告及任何演說者都可以立刻派上用場的工具。」

——Russ Johnston

國際主持人協會合格演說者；農藝方面首屈一指的傑出激勵喜劇作家

「以一種極易研讀理解的風格，Alan M. Perlman 將撰寫魅力無窮之講稿的各項祕訣及技巧，清楚地呈現在大家眼前……這些祕訣與技巧真的是屢試不爽！對每一位演說者而言，這是一本不可錯過的好書。」

——Mark Brown

國際主持人協會一九九五年公開演說全球冠軍

「Alan M. Perlman 對於如目的、聽眾、架構及風格等各種演說之基本概念的清新、務實之透徹洞察，已證明不論是對一個學生、一位指導人員及竭盡全力準備下週即將到來之演講的演說者，都助益良多。Perlman 以他身為一位專業講稿撰寫者所具有之豐富經驗而提出的廣泛實例，已證明他的確做到了學以致用。光看本書中他對於儀式中的演說所著的這章內容，就已值回票價。」

——Jerry Tarver

企業講稿撰寫人手冊的作者

序　言

何謂「專業技巧」

世上最易令人過於高估的恐懼之一，便是心中對於將從事一項演說時所感到的惶恐。根據調查顯示，從事演說乃是所有事物中最令人產生焦慮的一項經驗，它遠超過人們對蟲類、高度、疾病、甚至於死亡的恐懼。

哦！真是如此嗎？

假如我拿把槍對著你的頭並且要你做一抉擇時，我相信各位一定會選擇上台演講。畢竟，可能出現的最糟糕狀況不過是：表現得笨拙不堪、膚淺無知、手足失措、口齒不清、反應遲鈍、不知所云、甚至囊括以上的各項缺點；但是，這也不至於要比死亡來得糟糕吧？

但是，從另一方面來看，它們卻也是極為嚴重的。你的形象及名譽是很重要的，而你應該是希望藉由公開演說來使其獲得增強——而非毀了它們。

對於這點我早就看透了。我是靠撰寫演講稿維生的；我為企業主管們撰述他們所要表達出來的言詞——這些話都是他們同意說出口的，因為這些言詞所反映出來的乃是他們的觀念，或是他們對於工作組織的看法，或是我個人與他們不謀而合的各種意見。

雖然我並未擁有一種顯赫的業務頭銜，經營管理上的經驗，或是幾乎從未受過我所撰寫之各項主題的相關正式訓練，但年復一年，我在這個領域中卻表現的極為成功。在這個存在著高度壓力、不容絲毫錯誤的修詞用語之領域中，我竭盡全力使自己在工作上的安全確實性，以及我所代筆的演說者之聲望，不致於遭到殘酷的終結。我極力避免因為長篇大論所造成的致命傷害，而且我也可以告訴各位如何達到相同境界，如何來維繫你自己的形象。

這要怎麼解釋呢？因為在每一場演說狀況中的基本構成要素，都是大同小異的：一位演說者、一群聽眾，以及前者希望能透過言詞的運用來對後者的想法、信念或是行為等造成影響的這種意圖。因此，不論你是一位演說溝通方面的研究者、一位胸懷大志的專業演說家，或是一位企業人士、政治人物、教育學者、甚或主持人，只要你想提升自己在這方面的技巧，那麼，各位將面臨到的某些或全部挑戰，必定與我曾經經歷的極為類似；在我已發展出來的各項技巧中，也有許多可以成為各位在專業知識上的輔助。現在，就讓我列舉出在一篇專業演說及代筆內容中所必須做到的各種特定事項與不可或缺的基本要件，各位就能瞭解我的意思了。

1. 瞭解聽眾。我必須儘可能地對將要聽這場演講的人們有更多的瞭解（或是做出受過訓練的猜測）——包括他們的期望、他們的知識背景、他們對於演說者與演講題目所抱持的態度。

2. 具創意的線索或暗示。只是針對一項主題進行討論，那是絕對不夠的。我必須以一種全新而引人興趣的方式來激發聽眾的情緒，或是與他們所關切的事物結合在一起。我必須幫助聽眾以一種截然不同，而且可能是他們頗為陌生的方法來看待這個主題。我必須提供演說者許多與此主題有所關聯的不同故事。

3. 速成的專業知識。在我所撰寫的各項主題中，我對大部分的專業所知都極為有限，但為了要產生一份有效的演講稿，我必須在其中加入至少十到三十分鐘的相關題材，而且其複雜精確的程度必須與演說者及聽眾的水準不相上下。

4. 對於周遭各種相關的趨勢，以及傑出的觀念／龐大的主題都相當熟稔。通常來說，在一場演講中所牽扯到的都絕非只是單純的一件事情而已，它會與許多其他的事情有所關聯，而且也會和這些事情之間的彼此關係有所牽扯。每一篇講稿中都必須提到「那又如何？」這項要素。它必須在演說的主題與聽眾的生活及世界之間建立起一種相關性。因此，我不能侷限在自己的象牙塔中，我必須瞭解在演說之外的世界中究竟發生了哪些重要大事。我必須能確認出各種主要觀念，並將它們彼此之間，以及與聽眾所關切的事物，可能的話還得和某些更廣泛的主題連結在一起。

5. 使用各種觀點及議論來作為支持。聽眾是不會相信你所說的；除非你能使用各種具有說服力的事實、例舉、引證及名言，來幫助他們相信演說中的內容。

6. 創造一種令人難以忘懷的「幕起／幕落」之開端與結尾。在一場演講中有著許多極為重要的部分，但最重要的莫過於能讓聽眾牢記在心。一位演說者絕不能莽莽撞撞地就開始討論主題，他必須先讓聽眾暖身，使他們適應他的語調及說話的風格，讓聽眾準備好迎接即將到來的演說精髓。同樣地，使用「以上就是我所要告訴各位的」這種方式來作為結束，也是完全無法讓人接受的。當你在告訴聽眾這場演說已告一段落時，是否達到了漸次加強之效果——讓他們在離座時深感有所啟發、獲益良多、認同你所說的內容、或是處於某種希望瞭解更多的狀態之中？

7. 掌握不容變更的截稿期限。各位，我現在必須去執行第一項至第六項的工作了，因為還有一位演說者正等著我交稿呢！對我而言，絕不容許有任何「遲交的稿件」。當演講日期一旦確定之後，幾乎是不可能變更的。這是一個不適合因循拖延者的行業。

8. 嚴格掌握有限的時間與篇幅內容。這點也是不容忽略的，因為大部分的演講都只是某個更大型計畫中的一部分而已；也由於演講者或聽眾的時間極為有限，或是在演說的型態中有其本身的基本要求（例如，要花費大約兩分鐘到七分鐘的時間來做歡迎致詞），或是在考量演說者的技巧之下，我希望能在聽眾喪失耐性或注意力之前，就讓這場演說告一段落。我必須要能控制講稿的篇幅長短，以便讓這場演說在開始之後，就能精確地配合所預定的時間限制。

9. 確保能做到儘可能是最佳傳達的演說指導。並非所有的人都希望如此，但是那些想要讓演說與眾不同的人，肯定會想要這麼做。

以上所述，乃是讓代筆者們得以生存並成功發展的某些專業技巧罷了。還有其他方面——例如，描繪及重塑客戶的個人風格，也都是代筆者這個職業中所特有的。但是，如果你打算撰寫自己所要使用的演講稿時，我在上文中所概述的各點則與你有著最切身的關係。當你研讀完本書之際，你就會對它們有所瞭解，並能將它們運用在你下一次的講稿撰寫工作中。

聽起來是否很有趣呢？太棒了！那麼，讓我們現在就開始吧！

目錄

第一章

決定演說的內容

不論他們願不願意公開承認，但我深信所有的作家都是樂天主義者——若非如此，又怎麼會有任何人能夠坐在一疊空白的稿紙前，針對某個既定的主題撰述出數十萬的文字呢？

——Thomas Costain

但事情真的是這樣嗎？你並不需要真的去做一件數十萬字的撰述工作，就可以明白寇思坦的話中之意了。有許多人在面臨到諸如需要寫一張備忘錄給他的老闆、向財務委員會提出一份進展報告、或是為教堂的時事通訊寫份只有幾百字的文章之類的挑戰時，就會感到不寒而慄——更別說是一份完整而正式的演講稿了。

其中的關鍵在於：他們不知道該說些什麼。而本章將告訴各位應如何來做出這項決定。

目的控制了內容

或許你已經以那種「我想要討論的要旨」或「我想要提出的重點」之類的型式，獲得了在你演講稿中的某些或所有的內容；也可能你所擁有的只是一個主題罷了，因此你必須從零開始來發展出整篇的內容。不論你處於哪一種狀況，你都應該選出數個問題，以便能夠引導你邁入自己所選定的主題本身，然後以自問自答來作為開始。而第一個問題就是：「我的目的是什麼?」

這是一個在所有溝通中最基本的關鍵問題。你應該試問自己：「我在藉由撰述與傳遞這項特別的訊息給這群特定的聽眾時，所希望達到的成效到底是什麼?」

你希望能將聽眾由A點（亦即在你開始演說之前，他們在心智上、情緒上或行為上所處的現狀）帶到B點（亦即他們在聽完演說後所處的狀況）。那麼，B點究竟為何?你希望藉由「傳達」所帶來的改變又是什麼?當這些聽眾在聽完你的演說後，他們可能產生的想法、感覺、相信度或是準備付諸實行的情況又是如何?

目的乃是一種基本的概念，因為我們之所以要進行傳達的理由，就是要讓事情達到效果——亦即為某人的想法或行動帶來改變。數百萬年前，當我們的老祖宗在一望無垠的平原上，以大聲喊叫來警告其他人有某隻土狼正在迫近時，其目的亦是如此；時至今日，當一位策略規劃者提出一份說明報告來說服資深的管理階層瞭解到該公司應該尋求新的配送管道時，其目的亦復如此。

各位或許會問：「好吧！那我將資訊傳遞給他們不就行了？難道非得藉由演說才能把這些事情告訴人們嗎？」

你說的當然沒錯。但是，在你告訴聽眾的內容中，不論你希望他們能知道的是什麼，其背後一定有某些目的（這與你告訴他們其他事情的用意可說是相對立的）。如果你真是一無所求，那麼不管你所寫的講稿內容是什麼，那也都無關緊要了。你或許可以將此次演說視為閒話家常一般，隨口說說也就罷了。

因此，「目的控制了內容」這句話的意思，也就是說當你在決定要寫些什麼時，必定會有一部分受制於你企圖對聽眾的想法、生活或是行為方面造成任何的改變。

清楚的亮出目的來

關於你的目的，應該是清楚而毫無隱瞞的。你的聽眾必須能夠瞭解你所有的意圖。他們必須要能瞭解為何你會在演講中安排這些部分，也要明白它們彼此間應如何相互搭配連結。你絕不可讓聽眾存有下列的這項想法：「他／她現在為何要告訴我這些？」

集中火力達成目的

策略1——目標與標的

你可以藉由確認出自己的目標與標的，而將所有火力集中於目的之上並貫徹之。你的目標可能是為了要肯定、挑戰或是改變；而你的標的或許就是聽眾的情緒、信念或是行為。因此，你將會有下列九種可能的選擇：

情緒	信念	行為	
肯定	1	2	3
挑戰	4	5	6
改變	7	8	9

現在，就讓我們來對這些目的中每一項所牽扯到的內容逐一檢視。

目的1至3

這三種目的都是為了要取悅與恭維聽眾；你必須確定講稿中的某些議題或事件所帶給聽眾的感受會不會適得其反，以及它的信念是否正確，而它的處理必須是得體合宜的。

如果人們對他們的現況都甚感愉悅的話，那麼此類的傳達不就是多餘的嗎？這倒也不盡然。你的這種肯定可能只是某個更大型目的之一部分，或是一種序曲而已。或者說，由於你本身的重要性，聽眾可能需要知道你和他們的看法是一致的——這種重要人物重複其明顯感情的自由，也就是我所謂的「平凡的自由」。

目的4至6

你在這種情況下的目的，是為了要使聽眾的平衡心態感到些微沮喪，並使他們能對自己原有的態度、資訊或行為提出質疑。就第四項的挑戰信念而言，你可能要試著去使那些焦慮不安的人能夠安下心來——或者去動搖那些洋洋得意者的自滿心態。至於第五項，你就得提出有關於可被接受之事實的最新資訊。而在第六項中，你要提供的則是對一些老問題的新解決辦法，對於傳統目標的新方針，甚或各種新的可行方案。

目的7至9

這些乃是所有目的中最為野心勃勃者，你所追求的是改變。你希望人們會真正地感到怒不可遏──或是完全平靜下來。你希望他們能真正地接受你的看法，並將其轉為自己的看法。你希望他們能夠覺醒、付諸行動、表現出截然不同的行為。

當然，你的目的可能不只一個。而且這九種目的中的任何一種，都可能會成為另一者的基礎，並可將其強化，特別是在「改變」的這個範疇內；要想改變行為是相當困難的，除非你能擊潰它所賴以為基礎的各種信念與感覺。無論如何，這項3×3的體系仍可提供各位一種方法，將你的焦點集中於你所試圖去完成的目的上。

策略2──稱呼

使焦點集中於你的目的上的另一種方法，便是為其找到最合適的稱呼。

我們的言語中充滿了與傳達行為有關的豐富詞彙，例如，慫恿、勸誘、說服、建議、例證、要求、說明、告知、討論、定義、預測、同意（反對）、分析、詳盡說明……以及其他不勝枚舉的用詞。你應該從中選擇一個或數個最能夠精確代表你所試圖完成之目的者。你甚至還可以將你的稱呼運用於演說的開場白中，並以一種結尾的方式來陳述出你目的中的要旨：

> 我在此想要對我們的報告系統之演進做一說明（結尾：），將我們目前系統中的各種困難做一詳述（結尾：），並提出（結尾：）這些困難的解決辦法，以及說服各位（結尾：）認同我的這些提議乃是最佳的方案。

從目的到內容

現在，各位應該都很清楚「目的控制了內容」這個觀念，能夠有效地幫助你決定該說些什麼。把每一項有助於你完成各個目的的事物加入其中，而把對你毫無助益的事物摒除在外。

如果你已經擁有某些講稿內容的話（例如，一份你想要去討論的各項觀念或看法的表單），你就可以運用這種系統，將焦點置於你的各種目的之上，有助於讓你決定哪些內容該保留、哪些則該刪除。即使是在你對於自己該說些什麼仍舊毫無概念時，仍然可以好好運用這種系統，因為當你知道自己所試圖達成的是什麼時，你自然就會知道哪些主題素材是你必須備齊的；你可以加入確實的資訊、專家的看法、數據資料、名言警語、經典引證或是任何你所需的題材，以便成功地肯定、挑戰、改變、慫恿、討論或完成你對這群特定聽眾所設定要達到的目的。

聽眾控制了內容

哪些內容應被涵蓋在你的訊息中，不僅決定於你的目的，同時也決定於聽眾的需求。

在大多數的演講場合中，你個人對於所面對的聽眾所知相當有限。既然如此，若是你想讓自己的傳達能發揮效果的話，勢必得做出某些假設，否則，你的處境就會如同想要替某位全然陌生的人購買禮物一樣！你當然還是可以去採購，但是，你卻完全無法瞭解收禮者會有什麼樣的反應。

這就是你為何必須先試問自己下列各項問題的原因所在。如果你對這些將要參加演說的聽眾所知限，而無法回答這些問題的話（當然，只是以正常的情況來考慮；在各種聽眾中總是會存在一些較特殊的人），你或許需要和隸屬於這個組織中的某些人預先交談，或是和你所認識並且將參加這場演說的人事先談談。在你回答下列各項問題時，可加入你已擁有的必要資料，或是將其排除在外，端視何者最為恰當。

問題1——聽眾是否瞭解你為什麼要傳遞這項訊息？

換言之，他們對你的動機是否有所瞭解？在你開始演講之前，他們是否已經知道是基於哪些問題或背景議題，而帶給你進行這項傳達的動機？

如果你的答案是肯定的，那就沒什麼問題了。有許多演說的課題，都是在一個組織的環境中所完成的。某人會要求你進行研究、評估、報告以及其他的各種事項。甚至在你開始進行之前，問題1就已經獲得了答案。但是，你對問題1的回答如果是否定的，那你就得對自己的動機做一說明（最好與你演講的開頭不要相距過遠）。這方面的例子，各位可參見第三章中的開場策略2。

問題2——對於聽眾所具有的背景知識你所能假設的程度有多高？

如果你對這項背景知識所能假定的程度越低，那麼，你必須提供的說明資訊就要越多。這些資訊可分為以下兩大類。

說明聽眾不熟悉的各項概念及定義各種陌生的用詞

對於你將談論或介紹的內容，預做某些事前的考量。其中是否會有聽眾可能無法瞭解的術語或概念?稍後，再對你的註解或草稿做一瀏覽，並回答相同的問題。確定你已對每一項聽眾所不熟悉的術語或概念做出定義。舉例來說：

> 我們必須對「價值」這項議題中的所有細微、複雜之部分有所瞭解，而這將是一件極具挑戰性的事情。
>
> 價值並不代表著「價格」。消費者在計算價值的時候，係將「我所付出的」與「我所得到的」做一比較；而「我所得到的」則又包含了許多的特色與利益。
>
> 這聽起來似乎有些混亂、有點主觀，但事實上它正是如此。不同經濟狀況的消費者群體，用來計算價值的方式也各不相同。這並不單純只是收入的問題而已。各位或許會感到有些訝異，但在某些價值導向的行為中，處於領導者地位的正是那些教育程度較高、經濟上較為寬裕的消費者。[1]

對於不熟悉的觀念提供支持

仔細考量你打算要說的內容，並確認在你提出的觀念或主張中可能讓聽眾無法接受的部分。對你的註解或已完成的草稿進行相同的工作。如果你發現到聽眾可能無法接受的任何觀念或主張時，就應該提供相關論證來將話題漸漸轉向它們，或是提供足以支持它們的資訊（但要切記：只提供聽眾所需要的就可以了，不必太多）。

這項過程是需要一些技巧的：解釋不夠，將會使聽眾不知所云；解釋過多，則又會讓他們感到興味索然，使情況更為惡化。因此，你必須對這個問題深思熟慮，並依實際需要加入或刪減資料。（有時候，當你認為某些聽眾能夠瞭解，而有些人則無法理解時，你就必須使用「各位或許知道……」，或是其他類似的表達方式，來婉轉地讓自己的話語保留些彈性空間。）

在下述的列子中，演說者對某種不熟悉的觀念——聽眾必須有所改變的必要性——提供了支持。他運用個人的證明（「在我們的公司中，我們做了些什麼」）再加上軼聞資訊，來說明改變是如何有其必要且令人感到興奮。

現在，就讓我們將主題轉到成功的第三項關鍵：低成本的生產。

這是一個保證能為你帶來龐大收穫的要素。根據肉品業的資料顯示，在低成本與高成本的生產及加工作業中，存在著極大的差異……就這方面來說，火雞業與其他的肉品都相當類似。

降低成本真的是各位極為強烈的訴求，而且我也鼓勵在座的每個人，在你們的公司中積極地追求這項目標。由個人的經驗，我可以告訴各位：它在實行時可沒有想像中那麼容易。我們公司牛皮紙企業是在經歷了某些極為艱困的階段後，才能獲致各位目前所見到的成就。就在這個月稍早之前，我們才剛對銷售位於愛荷華州西自由市的廠房做出最後定案。我們做出這項艱難的決定：將路意士‧瑞奇在一九四三年所建立，並自一九六〇年起就扮演著總公司角色的這間工廠關閉，其目的就是為了能向低成本生產之路再邁進一步。

當然，這項決定並非全是讓人感到痛苦及難耐的。在我們的公司中，所有的人員都提出各種真正充滿創意的觀念及提高生產力的計畫；在短短的幾年內，它已為我們節省了令人難以置信的成本。而這點也是在座的每個人都能辦得到的。

只要善用你的長處，各位都將成為贏家。當你的企業具有高度競爭力，而且成本也逐漸減低時，你便可藉由將焦點置於你在價值鏈中最強勢的部分，而贏得勝利。

我知道這對各位來說，是一項困難的、感情上的議題……就像當初我們的感受一般，甚至到目前為止仍然如此。但是，我在此要向各位保證：在你通往成功的路上，這絕對是一項基本的要素……。

馬上、而且也可能是所有事物中最艱困的一項：我們每個人都必須承認改變的必要性。這件事執行起來真的是困難重重。有人說過：唯一喜歡改變的人，或許只有那些乳臭未乾的嬰兒，這種說法或許有些誇大，但與事實倒也相去不遠。

做出各種對你有利的改變，也意味著對你所置身的環境擁有銳利的敏感度。我在今天早上就試圖以我對消費者所做的評論，來幫助各位。

各位曉得，在生物學中曾進行過一項實驗——或許有人曾聽過它：將一隻青蛙放在水中，並讓水溫緩緩地升高。當我們這麼做的時候，或許在這隻青蛙明白究竟發生了什麼事情之前，就已經被活活煮沸了——這並不是毫無可能的事情。

如果我們對於周遭所發生的微小變化毫無所知的話，那我們也可能有被煮沸的危險……此時，我們的周遭正以各種複雜微妙的途徑在逐漸成形。

做出改變也意味著對於我們所做的每一件事情都以近乎吹毛求疵的眼光來加以檢視。各種有關於想法上由來已久的慣例、程序以及習慣，乃是最值得我們去注意的事物。根據一句古老的日本諺語：「如果你坐在一塊石頭上長達三年，那你必會對此習以為常。」我們必須不斷地試問自己：「我們目前正坐在哪塊石頭上？我們對哪些事物已習以為常？」

你又怎麼知道何時該做出改變呢？下面這段話，則是由一位名為法蘭克的作家所提出的建言：「假如在過去的幾年裡，你從不曾拋棄某種主要的看法，或是產生某種新的觀念，那你就該為自己把把脈了。你可能已經是個毫無感覺的活死人。」

未來的事情絕不會憑空出現。它是被創造出來的，有時候雖然是無心插柳，但通常都是由人們不斷地採取行動、追求以及創造機會所形成的。當人們抗拒改變時，它是不會發生的，只有在人們歡迎及做出改變時，才有可能出現。

麻省理工學院（MIT）中的史龍管理學院（Sloan School of Management）院長雷司特，對此做了極為簡明的陳述，他說：「在一個充滿競爭的世界中，你有兩種可能性。你可以放棄；或者，如果你想贏得勝利的話，你可以做出改變。」

對於做出改變此事來說，還有一點值得向各位提出：在某些情況下它是最充滿刺激性的。

在希臘神話中，有一位神的名字叫做波士頓（Proteus，海神，其身形可千變萬化）；他藉由改變自己的外形，讓自己在所遭遇到的各種挑戰中無往不利。

同樣地，當我們對所面臨的各種挑戰做出回應時，我們也可以重新塑造我們自己——以及我們的公司。我們藉由改變，而變得更好、更快、更聰穎、更強壯。每一次的成功，都將為下一次的成功奠定基礎。

此外，也正是因為這種過程，而為我們帶來自己所企求的個人與職業上的滿足感，並且讓我們的每一項業務都達到我們所希望的高獲利與成功。2

問題3——聽眾對於我所說的主題及所做的結論，是否都已瞭解到對他們而言為何是相當重要、有趣或實用？

如果你無法讓聽眾對他們所置身的世界獲得更佳的瞭解，或是幫助聽眾實現某些你明知他們所擁有的目標時，那他們為什麼要對你的演說全神貫注呢？只有在你能夠對他們造成啟發，而且你可能還必須告訴他們如何去做時，才能吸引聽眾的注意力。

或許你正在針對各種可接受的目標提供一種新的方向；或是由老生常談的各種假定中做出新的結論；或是對於眾所周知的事實做出全新的闡釋；甚或是提供各種新的事實。

同樣地，這也是一種策略性的選擇：如果你認為自己所說的某些內容對聽眾而言不是必須知道的話，那就不必大吹大擂。但是，如果他們還不很清楚你的演說所具有的價值時，你就應該對此加以說明（最好是在演講一開始的時候）。

這方面的例子，各位可參見第三章中的開場策略5。

問題4——聽眾對於我的專業知識或權威性是否已有適切的瞭解？

如果你能確定聽眾認為你在自己所演講的這個主題上，是一位不負眾望的合適人選時，那你就不必考慮這項問題。但是，如果你無法確定的話，那或許就必須藉由談及下列個人資料，來鞏固你的可信性：

▼背景、訓練以及教育程度。
▼在該組織中的職位。
▼對這項主題的相關專業知識知之甚稔。
▼各種第一手的經驗。
▼與擁有上述之部分或所有特點的人士之間的關係。

可信性是相當重要的。以你對於這群聽眾的瞭解程度為基礎，你必須決定出他們所需要的信服力有多高。

以下僅舉出一個實例：

又到了每年一度的這個時刻——也就是開始進行我們一九九六年聯合之路（United Way）活動的時間。

在此，我要先就我個人為何支持聯合之路的原因，做一簡短地說明。雖然在座的每個人都有自己的理由，但我之所以這麼做，是因為我們也擁有某些共同的理由。

我即將告訴各位的，乃是根據我和聯合之路的代理商們共事達二十五年所累積的經驗；當我剛開始介入時，還只是一個在P&G公司任職的新進行銷人員而已。

剛開始的時候，我負責協助位於辛辛那提的一家小公司管理其活動……然後，經過數年時間，我開始為規模越來越大的公司工作，以及各家集團式的企業與機構工作……到了後來，我則是擔任聯合之路理事會的「新代理商入會許可委員會」的委員。

數年後，當我擔任美國通用食品總裁時，就是在這個地方主導整個聯合之路活動的進行。

身為共同活動的主席，我親自拜訪了許多聯合之路的代理商。我也和許多協助管理聯合之路的理事以及全職的員工，保持著密切的配合。

我親眼見到聯合之路的代理商們對這個組織所付出的一切。我也知道聯合之路的經費都用於何處，以及它們所發揮的龐大效果。

基於以上的經驗，這也就是我為什麼總是盡己所能、毫不吝惜地支持聯合之路的原因。[3]

問題5——聽眾對我的認同已經達到何種程度？

當然，這個問題對你的目的而言，可說是成敗攸關。除非你知道他們的A點是什麼，否則你就不能對於將聽眾由A點帶到B點抱著太高的期望。你必須對聽眾的信念相當清楚，唯有如此，你才不至於做出任何毫無根據的假設。

當你在準備演講稿時，必須對每個階段都進行審視。你必須瞭解到：它或許是根據你自己對於事情的觀點來作為基礎。如果那也是你的聽眾的看法，那就太好了。人們通常都會對那些他們已經接受的觀念給予較多的注意；而且當作為基礎的各種假設與他們所支持及熟悉者不謀而合時，那他們對於所讀到或聽到的內容，也會記住更多。

從另一方面來看，如果你打算告訴聽眾的內容，是以他們或許不會接受的假設來作為基礎時，那你就必須重頭再來，並加入各種有助於他們依據你的方式來作思考的事實、舉例、個人經驗或其他資料。

同樣地，如果你要對某項問題發表解決方式時，必須先確定這些聽眾也同意這的確是一個問題。如果你的方案將會導致某種結果時，也要確定聽眾同樣重視這些結果。

不要因彼此間的距離而感到挫折。在你所要說的內容及聽眾所認定的事物之間，建立起一座橫越鴻溝的橋樑。如果這道溝太寬的話，你必須用盡各種方法幫助聽眾跨越它。

在以下的這個例子中，演說者向聽眾解釋他的方案為何不該被認為是具有威脅性的。他使用了數種策略。在第五段中，他運用某位支持其觀點的知名作家的權威言論，雖然與他的主題不盡相同，但卻有所關聯。在下一段中，他則強調出各種具有愛國情操的實例。第八段則藉由向聽眾保證在演說者所提出的各種方案下，絕不會改變他們所認定的事物，以期更進一步地減輕那種威脅性。這位演說者最後係以一種隱喻的、理想主義的論調，相當婉轉地暗示出：那些無法「跳脫其狹隘樂趣」並且分享他的高尚前瞻觀點的聽眾，應該要為自己感到羞愧。

各位現在應該已經瞭解我們共同的議題，那就是：訓練出一群能夠迅速革新、有效溝通並且將明日科技的力量與明日勞動力的技能和奉獻做出創意整合的經理人員及專業人員。

而學術上的自由，是否能與所有列舉的目標相契合呢？我真的不這麼認為。

我很清楚有某些人認為學術上的自由與實務上的運用，就如同油和水之間的關係——也就是說，教授們必須完全地埋首於研究與教學，而不用去考慮他們的研究結果及教學內容是否能夠被應用……當然也不必考慮他們對於本國的企業是否有任何助益。

在此，我要對這項觀點提出質疑。我並非以那種二選一、是與非的角度來看這件事情。我認為要同時去追求這兩種明顯衝突的目標，事實上是絕對有可能做到的。

人們對於這點，不應該感到如此震驚才對。它就彷佛是史考特對智力所做的定義一般：「同時容納兩種完全對立的觀念，但卻依舊保有運作能力的一種能力。」

事實上，這乃是美國最出色的優點之一。擁有不同觀點的政治家們找出彼此間的共同立足點，讓彼此的衝突做一協調，並且繼續向前邁進。在生意場上，我們無時無刻都在這麼做。在我們這個行業中的勞工關係，就是一個傑出的實例。我們在對立的工會主義上有著極強的傳統，但是在與這項傳統有關的事物中，卻很少真正見到會對我們在邁向更高的生產力與較低的成本上——當然，這方面也會牽扯到工會的利益。因此我們的議程中會有部分是彼此認同而又有部分是相互衝突的。我們所要做的其實很簡單：將衝突降到最低，努力開拓彼此同意的領域，並向前邁進，同時消除造成負面影響的事物。

而在企業界與學術界之間，也應該要有相同型態的進展。我們必須以能夠幫助企業界對我們社會的經濟健全做出貢獻，並且能夠允許學術界追求自由質疑與表達觀念的各種方式，來相互合作。

當然，我今天所要做的，便是提供由我個人的觀點——無可否認地會有某些個人偏見存在，其影響似乎是極為合理的各種建議。這些建議仍需取決於每位在座教授來決定所要達成的究竟是什麼，以及應該如何來達成；或是當學生們在完成其學業並取得學位，而分數已不具任何意義之後，他們到底學到了什麼？又有能力做些什麼？

我個人的最後一點看法：史帝文生曾昭示我們，全球所有的天文學家們都必須有部分的跨國合作，因為沒有任何一個國家能夠由它自己的所在地中觀測到整個天空。或許我們也必須由自己狹隘的觀點中跳脫出來，以便讓我們也能看到整個遼闊的天空。而當我們這麼做的時候，或許也能夠見到學術自由與國家競爭力這兩顆熠熠之星，同時在浩翰宇宙中並肩閃爍，彼此輝映——而不是讓對方黯然失色。

目的／聽眾／內容

我已將能夠控制講稿內容的五種關鍵問題，再加上目的，提供給各位參考。但是，當你完成初擬的演講內容後，千萬別就此把目的與聽眾置之不顧。你必須一而再、再而三地重頭試問自己這些關鍵問題。你應該針對它所以會存在的各項先決條件，來測定你的這份講稿：亦即演說者的目的以及聽眾的需求。

這些先決條件所具有的功能與一棟建築物的地基並無不同；你無法看到它，但若沒有它，你所得到的事實上只是一抹虛幻不實的海市蜃樓罷了。

注　釋

1. "Building the Bridge to Excellence." Keynote remarks by Robert A. Eckert, Group Vice President, Kraft Foods, at the annual meeting of the National Turkey Federation, San Francisco, CA, Jan. 13, 1997. All the examples in this book are from speeches that I wrote.
2. Robert A. Eckert, *ibid.*
3. United Way Campaign Kickoff remarks by Robert S. Morrison, CEO, Kraft Foods, White Plains, NY, Oct. 2, 1996.

第二章

順序

將所有事情依序排列

次序：是障礙還是助力

我認識一位企業主管，他堅持說，除非他能夠為一份文件定出某種次序，否則便無法寫出任何東西。對寫作者來說，這便是造成其苦惱的一個特級阻礙，而且這是毫無必要的。聽起來或許有些似是而非，但事實上的情況乃是：溝通傳達雖然是以一種直線式的順序被接收，但在組合的時候卻不見得非要以這種途徑為之。

有時候，你可以反其道而行——以你的結論來作為開始，然後再將導致這項結論的各個階段逐一填入。有些時候，則是以你在這份文件中所打算發展但仍屬尚無章法的各種觀念來作為開始。然後，在各種狀況中你所需要做的，便是以某個單一的觀念、或是你的目的，來作為開始。在所有不同的情況下，你都將根據前一章中所述的各項原則，來產生其他的部分。

本章中，我將告訴各位如何來組織你的資料，最後再將某個合適的起頭與結尾加入其中。

假如你能學會如何以適切的順序來安排所有的資料，並將這種順序傳達給聽眾，那你的演說勢必會更為有力。這些技巧為何如此重要呢？答案是：你對內容所做的安排！換言之，亦即你在各種觀念之間的關聯性，成為了你的訊息中極為重要的一部分。

如何組織：七種不同的型態

讓我們以你所選定的題材來作為開始。基本上說來，文件的中心要旨，便是你的訊息的核心。這個部分必定要有某些型態、某些組織原則，來與你的目的相呼應。你有下列七種基本的可能選擇；你不妨將它們想像成堆築積木。這七種型態中的任何一者，都能夠提供整體的計畫，以實現你的目的。當然，你也可以使用兩種以上的型態。

我們將對這七種型態逐項考量。我將以各種不相同的「X」，也就是你將要討論的任何事物──事情、概念、人員、事件、陳述、趨勢、過程等為出發點，依序陳述每一項。

組織型態1──敘述

你有一種或多種的X，而你則藉由敘述它（或它們）的所有部分、構成要素或是特徵，來達到你的目的。

組織型態2——關聯性

此狀況下有三種可能性。藉由說明下列三者之一，來達到你的目的：

▼兩種或更多種的X之間，彼此存在著何種的相似性或相異性。

▼某種X如何被包含在另一種X之中。

▼某種X如何真正地成為另一種X的一部分。

組織型態3——變異性

你有一種或多種的X。為了達到你的目的，你必須：

▼說明每一種X所能採用的不同形式。

▼針對每一種X提出不同的實例。

組織型態4——前後順序

此種情況下，係藉由將兩種或多種X依序排列來達到你的目的。你可以：

▼證明它們之間是如何以某種特定的歷史順序或年代順序而發生的。
▼提出各種形成其他重要事件（或過程）之背景的某些重要事件（或過程）。

組織型態5——起因／結果

為了達到你的目的，你應該證明：

▼某種X是如何因為另一種或多種先前的X所導致而成的結果。
▼某種X是如何造成另一種（或其他多種）的X。

組織型態6——影響

在這種情況下，你必須藉由影射出某種或多種X的影響或應用，或是其未來的形勢，來達到你的目的。

組織型態7——評斷

此時，藉由說明某種（或多種）特定的X為何是好的或不好的，為何受歡迎或被排斥的，以達到你的目的。

運用組織型態1，2，……或任意組合上述七種型態

在你的組織計畫中，可以將一種以上的前述型態包含在內。當你一旦對兩種X之間的關聯性進行描述後，你或許還需要進一步討論它們所產生的影響。然後，你可能還需要使用到評斷，從而讓聽眾瞭解為何這些結果是受到歡迎的。這些作法完全取決於你的目的，換句話說，它取決於你對聽眾的想法、感受或是行為造成何種程度的影響。

如何擬定大綱

將你的大綱想像成是一份「預定講稿」。擬出一份大綱有助於讓你能一眼就看穿在自己演講稿中的所有訊息輪廓。它也可以向你展示出每項訊息之間的關聯，以便讓你能向聽眾顯示出這些關係。事實上，讓這些關係清晰可見，便是擬定大綱所能獲得的最大好處；因此，在這方面必須對自己嚴苛一些，你應該反覆地試問自己下列各項問題，例如，「這真的只是一個次要概念嗎?或者應該是下一個主題?」、「這個次要概念真的是屬於這個主

題之下嗎？或者應該要歸屬在其他地方？」

在前文中所述各種組織型態的任何一者，其本身就可以作為你的大綱基礎。或者你也可以把兩種或更多種的型態納入你的大綱之中，然後再加上一段導言與結尾。假如你所使用的是此種方式，那我建議各位在草擬每項主題時應將組織型態的名稱包含在其中——「影響」、「評斷」或是其他；這種作法可以讓你記住應如何幫助聽眾遵循你在發展這項主題時所採用的途徑（詳見下一節內容所述）。

此外，別使用哈佛大學的概要系統中的任何文字或羅馬數字，那太艱深了，很難讓人記住。取而代之的，你應使用粗體字、大小字級或是其他的記號來標示出你內文中的所有重點與子題；如此你才可以在文字處理系統中，隨意對你的題材資料進行位置移動，而不至於造成標號順序上的改變。

兩種「現成的」大綱模式

在前述的七種組織型態中，有某些型態的組合在使用上要比其他的搭配來得更為頻繁。此處僅列舉兩種在企業與專業傳達上相當常見的組合，這是因為它們能夠反映出企業界、專業人士與其組織的問題解決及審議商討的過程。

問題／解決

▼背景（組織型態５：問題或形勢的起因）。

▼問題（組織型態１：敘述）。

▼提議的解決方案（組織型態５：藉此提出所想獲得的結果）。

▼影響（組織型態６：包括正面的或負面的影響）。

▼行動（組織型態６：為達到上述影響所必須採取的行動）。

背景議題之展望（Background Issues Outlook; BIO）

▼背景（組織型態４：截至目前為止所發生的事情，以年代次序的方式排列）。

▼議題（組織型態５：考慮或決定所發生事情的影響）。

▼展望（組織型態６：亦即最有可能出現的結果）。

發展順序：演講就如同說故事

最後要提的是：不論你所選擇的是哪一種組織型態，你都應該試著在自己的訊息中加入某種「指引流程」或「前進動力」。試著將你的講稿看成是一篇故事，而你就是那位說故事的人。發生於實際生活中較早階段的那些部分，在演說中也應該是較早出現。[1] 因此，在我提及「所學到的教訓」之前，必定會先談論到我所「經歷的體驗」；因為很不幸地，這種順序正是我們實際生活中所遭遇到的方式。

向聽眾揭示你的組織計畫

由於你的計畫可藉由讓各種觀念產生適當的彼此關聯，以達成你的目的，因此它在你的訊息中也成為極重要的一個層面。有鑑於此，你也必須將這項計畫揭示給聽眾。

以下所述便是其作法：針對這七種計畫中的每一項，利用言詞來宣示或描述你將要進行（或正在進行中）的事情；然後，在某種特定的計畫之內，使用其他的言詞來提醒聽眾你正在進行的事情。

下文中再提供各位幾項建議。當你掌握了一般的原則後，還可以提供其他可能更適用於自己特定訊息的原則。

組織型態1——敘述

▼用來作為宣示或描述的言詞：討論、敘述、分析（如「在這份報告中，我要分析的乃是造成……的原因」）。

▼用來作為提醒的言詞：構成要素、特徵、因素、層次、方面（如「造成這個問題的另一項因素則是……」）。

組織型態2——關聯性

▼用來作為宣示或描述的言詞：比較、對照、區別。

▼用來作為提醒的言詞：類似於、相異於、包括、由……構成、由……組成。

組織型態3——變異性

▼用來作為宣示或描述的言詞：說明在……方面的差異、調查在……之間的不同形式、提供有關……的例子。

▼用來作為提醒的言詞：差異、是……的一個實例、舉例來說、例如、例證、（也）顯示出、擁有……的形式。

組織型態4——前後順序

▼用來作為宣示或描述的言詞：追蹤、審視、概括、摘要。

▼用來作為提醒的言詞：先……而出現、緊隨……而發生、由於……背景、然後、後來、緊接著、因而出現、在此之後。

組織型態5——起因／結果

▼用來作為宣示或描述的言詞：說明了……、成為……的原因。

▼用來作為提醒的言詞：理由、起因、要素、結果、影響、衝擊。

組織型態6——影響

▼用來作為宣示或描述的言詞：預測、反映出、預言。

▼用來作為提醒的言詞：暗示、利益、陷阱、展望、影響。

組織型態7——評斷

▼用來作為宣示或描述的言詞：評價、評估、判斷。

▼用來作為提醒的言詞：有利的（不利的）、受歡迎的（被排斥的）、可接受的（無法接受的）、適當的（不適當的）。如「這項提議無法讓人接受的另一項理由則是……」）。

注釋——

1. Of course, these can be reversed for special effect, as when a speaker presents conclusions first, then gives the reasoning that led up to them, or describes some bright vision of the future, then talks about what we'll have to do to get there. But I hear too many amateur speeches that are just an incoherent jumble of ideas, which is why I encourage you first—before you try for special effects—to learn to put your ideas in a natural, free-flowing order.

第三章

開始與結束你的演說

既然各位已經知道自己所要傳達的訊息是什麼，那麼你就可以在這些訊息中再加入一段開頭與結尾。在我已經完成講稿本體的討論之後，才來探討其開頭與結尾，這看起來似乎有些奇怪。但對我而言，這是唯一具有意義的處理方式：當你還不清楚整個情況會如何發展的時候，你又怎麼知道該如何來開始與結束你的演說呢？

序曲：起頭的開場白

你可以一開始就舉出某種絕佳的、扣人心弦的名言、故事或統計數字。這項策略或許能奏效，但是它的風險性太高了。人們通常都不喜歡讓自己的注意力一下子就被補捉住；他們寧可讓其漸漸地被引誘出來（別忘了，你是一個說故事的人）。而且你還必須碰碰運氣，你在這一個咖啡杯叮噹作響及聽眾在座位上因調整其姿勢而不斷發出的沙沙聲中，自己所發表的這段言論，究竟是否能夠攫取他們的注意力。

對我來說，使用如「感謝各位邀請我，我很榮幸能在此和各位共聚一堂」之類的話來作為開場白，完全不是問題。你或許也可以簡短地說說你對聽眾的組織或是他們的課程所具有的興趣、或是擁有的經驗。或者，你也可以感謝他們在百忙之中抽空來參加這場演說

（如果這是事實的話），或是不畏室外的高溫、酷寒、狂風暴雨或大雪來參加這場演講（它本身可能就已經值得受到某些讚揚）。

說些老掉牙的話？當然也可以！但在這麼做的時候，千萬要「注意」及「選句好聽的話」。

在這個充滿著太多無法預料事情的世界裡，「可預知」自然有其重要性存在。在這種情況下，你應該選擇一種讓聽眾能夠適應你的聲音與說話風格的「頻道開場白」。而你所說的主題，應該是一種能讓自己與聽眾共同分享的第一手知識，而且只需要極少或完全不用絞盡腦汁才能夠進行討論的題目，也就是說，那是一種唾手可得的情況，而演說中各種事件與狀況，皆環繞於此情況而發展。

當你一旦以這種方式來開啟你的頻道後，你就能夠朝向獲取注意的策略前進——或許是某種絕佳的統計數字，或是一段有趣的奇聞軼事，或是某個充滿煽動性的問題或引證，而這也將轉而導入你的開啟策略中（但是各位也不必認為自己非得使用這些花招中的任何一項不可，你也可以直接就由你的頻道開場白，進入你的開場策略中）。

開場：行為的大錯誤

當你在準備這些不可或缺而又極為重要的開場白時，我必須提醒各位要避免以下所述的任何失禮狀況發生：

對任何事做出抱怨

這包括在前往會場行程中所發生的爭吵、食物、飲料、燈光、擴音器、會場的大小等（與會場準備及佈置有關的所有事情，都應該事先做過檢查，但如果真有某些事情出錯的話，你必須要有一笑置之的雅量）。不要輕拍擴音器，不要詢問「這東西的功能沒問題吧？」。這些佈置最好都沒有差錯，而且你能夠期望的也就只有這些了。

不必要的或太過突兀的幽默

很多人都認為一場演說應該以幽默來作為開始，但事實則是：你站在台上的目的並非要扮演一位演藝人員。因此，除非它是愉快的、高級的、而且是與主題有關的，否則就該避免述說那些你最喜歡的笑話。同樣地，聽眾對於在某一天、或是在前往會場途中發生在你身上的那些事情，也不會有意願聽你滔滔不絕地閒扯。不論這些事情對你來說是如何地有趣，請將它省略掉，除非是你能肯定這些事件對聽眾來說真的是相當有趣（你或許可以在事前先對與會的一、兩位聽眾做試驗），而且和聽眾、場合以及演講主題都有所關聯。

不當笑話

當你一旦站上講台後，對那些在場的重要人士做些致詞或寒暄（如該組織的主管、政府部門的官員，或是某些顯赫的知名人士），這倒是無可厚非的，但切記：在講台上不可說出一些類似眼線般的私人評論，而且不可拐彎抹角地引述一些昨晚你在某家酒吧中所見到的事情。道聽途說並不是一種美德。

否定自己的演說能力

就我所知，沒有任何事情要比你說出：「嗯，我自己並不是一位傑出的演說者，因此所說的可能對各位助益不大！」這句話，能夠更有效地讓聽眾棄你而去。如果你真是不夠優秀的話，聽眾很快就可以判斷出來了。你只需善用自己所擁有的各項技巧，儘量把事情做好就夠了，至於那些負面的說法就省省吧！

對於導言的拙劣回應

「在這段導言之後，我真的等不及要聽聽自己能告訴各位哪些內容」、「我從來不曉得自己還這麼有吸引力」之類的話千萬別小看它所帶來的影響，因為這種話太過於花俏，諸如此類的回應雖然各位可以在某些演說者的手冊中發現它們，但其存在將會讓人覺得你過於自大狂妄。切記：你是一位受到邀請的客人，這種作法之下，你所獲得的結果將是：在演說才剛開始之際，你就已經和這項計畫的主席、引介者或是聽眾形成了對立狀態。

對演說有負面影響的引述

別提到任何有關於這場演說可能會多冗長、多枯燥，或是它將如何吸引聽眾注意力的事情。同樣地，你在某些演說者手冊中也會見到這一類的開場白，例如，「我來此是為了演說，而在座各位則是為了聆聽這場演說。如果各位在我說完之前就已覺得興味索然，請讓我知道。」不論此類的開場白能夠讓你在辦公室等私人場合中如何感到洋洋自得，千萬別在演說中使用它。當你說出這類話之後，即使能夠博得滿堂哄笑，它所付出的代價卻是：就在演講才剛開始之際，聽眾已擔心它會持續多久。另外，請不要以一些囉嗦嘮叨出了名的演說家的奇聞軼事來作為開始，也別提到你的演說將會相當簡短而引人入勝（當然，事實上你必須試著去做到這點），如果你的演說過於冗長，聽眾自已會有所感覺的。

放棄已妥為準備的資料，說出內心的真正感受

在你決定展翅高飛時，一千次裡面或許只有一次的決定是正確的。如果你想知道何時才是這種作法的適當時機，不妨先檢視一下你的保單上所列舉的各種結局：核子戰爭、天災等等。請記住一個重點：除非整個狀況出現急劇改變，而使你必須做出全然不同的演說，否則的話，別輕易改變。

十五種開場策略

在你通過導言階段所應遵循的禮數之後，你所需要的則是某些進入演說主體的方法。以下所述則是各位可採用的一些可能方式。你的目的及聽眾的需求，將會幫助你決定該使用何種方式。

開場策略1——提出一項有關後續內容的摘要

我在此先用幾分鐘的時間與各位閒聊一下，然後再提出我對於公司整體業務狀況，以及對於我們少數幾家特定經銷商的活動所觀察到的某些狀況提出說明。

開場策略2——說明你進行這項溝通傳達的動機

我希望能表達自己對於貴公司，以及它的各項目標之熱誠支持。置身於這個經濟上相互倚賴的世界中，沒有任何事情會比我們兩國之間的人民共同致力於提升開放而雙向的貿易，具有更高的價值。所有的企業亦將因此而受益，因為沒有任何一家公司能夠擁有全部的絕佳點子。這就是我們為何要與三家不同的日本公司組成業務合作的原因。

雖然如此，我今天所要談論的主要重點則是放在其他方向。我希望藉由告訴各位一些有關本公司已經進行的內容、在我們這個行業中的一般狀況與本公司的特定狀況、生產各種值得輸出到日本的產品，以及我們目前與任何國家進行生意往來的實際情況等，藉此能夠幫助貴公司達成所追求的諸多目標之一：亦即提升美國企業在日本的各種政策與利益。

開場策略3——針對你和聽眾或演說主題之間的關聯性或經驗做一評論，特別是與開場策略2有關者

對於能夠參與此項活動，本人深感無限榮幸。首先，我對於能夠在貴單位新啓用的群英廳中發表個人的謝詞，感到相當興奮。

我還記得哈佛大學的前任校長康乃特曾經說過：「每個正直的人都來到此地，生命中的每一步都有其菁英出現，它所擁有的榮耀與自豪是建基於傑出的表現。」沒錯，即使在我們所置身的企業領域中也不例外。我們擁有許多的菁英，許多在成就、領導及正直廉潔上最佳的實例，而我很榮幸能夠在今晚表揚這些深受大家敬重的得獎人士。我為他們的傑出表現深感敬佩，我為他們所獲得的成就深為讚賞，而且我也為自己能與他們同處一室深感驕傲。

現在，我要告訴各位另一個我為何對於成為今晚之演說者深感熱衷的理由，那就是：在使本地區獲得更佳的經濟教育之發展方面，我是個全心全意的支持者。近年來我們聽過許多有關於美國人民必須如何重新背誦整個全球地理的論調，因為有太多的美國人甚至無法在地圖上找到他們自己的國家位於何處，更遑論波斯灣在何處了。某人甚且認為美國人對於一樣性的事物根本就是所知有限。因此，他出版了一本名為《文化讀寫能力字典》的著作，其目的只是為了將

一種基本的平常知識記錄下來。我認為經濟學就和其他任何領域一樣，值得我們大家給予同等的關注；而且能看到有某種組織化的團體致力於支持這項看法，讓我深感欣慰。

開場策略4——陳述你的目的或你對自己的注解所希望獲得的結果

◎今晚，我希望能夠對企業界與學術界之間的相互瞭解，做出一些貢獻。對某些人所說的存在於這兩個領域之間的那堵高牆，我希望能夠有助於讓它就此消失。此外，我也深盼能對未來行銷人員的教育方面，造成一些影響，以便讓這些人能夠對於他們即將面對的各種實際狀況，做好更佳的適應準備。

◎我今天的演講目的，是要提供大家關於在此處所能夠獲得的各種就業機會的概觀，以便讓各位對於如何使這些機會與你的企圖相契合，有著更明確的瞭解。

◎今晚我將提供給各位豐富的消息與資訊。而在我結束這場演說之後，我希望各位對於我們所置身的這個高度競爭與快速變遷的行業中所應該採取的前進方向，以及有助於穩住本公司在此行業中之領導地位的各種計畫、方案與產品的深入洞察，將會獲得一種更清楚的體認。

開場策略5——敘述在你將要傳達的訊息中，有些什麼新的、有趣的、實用的或是有益的內容

我今天站在這裡的目的，乃是要對我們各種主要成功準則之一的「迅速切入市場」，進行一項更為深入嚴苛的檢視；就某方面而言，也可說是重新評估、重新解釋、甚或是重新發現。

在座中對我有所認識的人，都應該記得我是個凡事都要求迅速完成的人。但說句老實話，「更快速達到目標」的這項理想，對我們每個人而言都應該是長存於心的。在任何企業中，如果客户的需求確實存在的話，你就必須掌握時效來滿足這項需求，否則，你只有坐失良機、一無所得。

另外，再次提醒各位：追求「迅速切入市場」這項目標，可激發出整個組織中的新創意與規範。

在目前這種激烈的全球性競爭及快速的科技變遷之環境下，很明顯地，迅速切入市場已變得較以往更為重要。

但是，只有速度並不足以保證獲得成功，而且當你與標的之間出現偏差時，更快的腳步並不見得真能帶來好處。這些因素，使我產生今天所要考量的這個問題。我們必須不斷地尋找各種

途徑，讓事情得以更快地進行。

但是，速度較快的車子並不見得就是競賽中的最後贏家，那麼，又是什麼因素才能贏得最後的勝利呢？

開場策略6——敘述在你將演說的內容中其背景或環境是什麼

你可以使用一種故事體的形式或是親身的經驗來進行這項敘述。在下列的例子中，聽眾對於演說主題的熟稔，就成了這場演講本身的背景，因此這篇演說係以一種「沒有導言」的方式來作為開始。

我很榮幸有這個機會向置身於美國企業界中的在座諸位，針對某個對我們大家都利害攸關，而且馬上能夠使我們深感興趣的主題，向各位提出一些意見，而我個人對於這個主題，也相當感興趣。

各位必定聽說過，有些演說者多半都「不需要任何導言」。而現在的這場演說，也是不需要任何導言的。我並不打算以某個笑話或有趣的故事來作為開始，因為幽默風趣並非我們的主題。而且我也不想用那些足以抓住聽眾注意力，並使他們警覺到「事實上這的確是一項問題」

的各種具有警惕性的統計數字來作為起頭。

各位可能都知道，在工作場所中的藥物使用乃是存在於整個社會現象中的一種反應。大家必定也很瞭解，對那些濫用藥物的員工來說，藥物會對他們的健康造成嚴重的傷害。當然，在座的所有人也相當清楚濫用藥物所帶來的影響，它不僅會對工作場所中其他人的安全與士氣造成衝擊，而且還會影響到產品的品質，而這些都會對整個企業的競爭力造成進一步的傷害。

因此，我在此並不打算以任何標準化的方式來「介紹」今天的主題，而只以三項簡單的原則來作為開始。任何一家對創造某種免於藥物威脅之工作環境極感關切的企業來說，我認為必定要以這些原則來作為出發點。

開場策略7——陳述你在演說中的整體計畫（即敘述你在組織與講題有關的資料時所使用的方法）

當我回顧我們的進展歷程，並且對我們的未來做一前瞻之際，我想要針對某項單一的廣泛問題提供一些相關的看法，那就是：我們如何才能最有效地利用此一龐大無比而又令人振奮鼓舞的潛在機會？我將以三種挑戰的形式，將其答案分別提出。

第一，對整個行業的挑戰：當我們在開發明日產品之際，必須對大眾所關切的事物投入更多的關注，不論它是目前已出現，或是各種訊號顯示出它將會長期持續存在著。

第二，對個別企業的挑戰：必須確定在其本身的營運之內，電子工學對於強化產品的所有權及運作上的每一方面所具有的潛力，已經在成本最低廉的情況下迅速地被具體化。

第三，對於個人及在座所有專業工程師的挑戰：培養各位邁向專業發展所不可或缺的態度、策略及方法，確保各位能夠完全參與存在於你的公司及位於整個產業眼前的這個令人激奮的時代之中。[1]

開場策略8——提供一個（或數個）與你所撰述或談論主題有關的實例

許多報章雜誌都是以這種方式來作為專欄文章的起頭。以下所述則是我如何將這項技巧應用在某篇演說中的實例。

對我們這些身為講稿撰寫者的人而言，尤其是我們之中那些涉足政治圈者，撰寫講稿只不過是其職業生涯中的某個休息站罷了，而非他們選擇的終身職業。

為尼克森撰寫講稿的威廉，他同時朝著兩個不同的方向發展，最後成為一位意見的傳播者及廣受歡迎的語言專家。

佩琪則繼續運用她的白宮經驗及與華聖頓特區的各種關係，將她自己推銷成一位在政治與其他各種事務上都極為深謀遠慮的評論家。

而曾經為雷根執筆的丹那羅勃，則是一位國會議員；至於擔任吉米．卡特之講稿撰寫人的費洛斯，更以一本名為《冷漠無情的總統》——在此我要引用一段摘錄自每週一的*TRIB*報章中對此書所做的評論：這是一本「針對吉米．卡特的個人缺點大肆抨擊」的著作——來作為開始，而使他自己在擔任記者時備受尊崇。他真是個壞榜樣！我們與客户之間的關係應該是要保密的，而且不應該將它用來出售圖利。

另外，還有布屈曼，他是另一位曾經替尼克森執筆的人。布屈曼被認為是一位較使人感到意氣相投的人，但事實上他卻是一個暴躁易怒的人；他會煽動起連自己都無法控制的熱情，而且還會提出一些既不能發揮效果又讓政府權力大幅增加——彷彿布屈曼也已入主白宮般——的各種餿主意，而將美國帶入某種聽起來就有如出自仙履奇緣故事般的神權政治的路上。[2]

開場策略9——運用一個目前的重大事件或觀念，不論它與演說主題之間係贊成或反對的立場

下列第一個是屬於反對的例子，而第二個則是贊成的例子。

◎我上次在此地演講，已是一九八五年的事情了。自那時起，世界上就發生了無數重大事件。

我還記得在去年上映的某部卡通片，其中有一段豪安巴克向雷根總統報告說：資本主義在全世界都已經獲得極為可觀的進展，而共產主義則是飽受前所未有的挫敗；因此冷戰已告結束，我們終於獲致最後勝利！這部卡通片的最後一幕則顯示出歡欣鼓舞的群眾們聚集在時代廣場上，興奮地揮舞著他們手中的報紙，並以他們的食指指向天空，彷彿在以大家極為熟悉的手勢述說著：「我們是最棒的！」

很好，就如同大家所經常見到的，在某部娛樂卡通片中所傳達出來的看法，便是目前極為嚴重的一項學術上的問題。自一九八五年以來，不僅是冷戰結束了，而且，恐怕連歷史本身也告壽終正寢。

這項說法是根據一位國務院的計畫人員在最近的報告中所提出。他提到：「在意識形態的體系中，已不復存在任何巨大的衝突。在資本主義經濟體系下的自由化民主政治，已被證明是我們所能期望的最佳制度，而這也是人類社會的最終形式。因此，我們現在所能夠做的，只是調整、細部修正及改進。」

我認為任何針對某種能夠提供機會及獲得革新與創意的政治及經濟制度而發的運動，必定都會帶來更佳的結果，但這只是為了追求人類尊嚴之故，並不涉及繁榮昌盛與否。

可是，我並不打算在一旁幸災樂禍。

就像是許多對於「我們是最棒的」這項定位大肆抨擊的批評家們，很快就能夠指出的問題一般，我們還有許多未竟的工作要去完成。在整個世界中，依舊存在著太多的苦難災害，使我們根本就不足以為現狀感到自滿。至於身處工商界中的我們，也有一長串艱難而「有待完成」之名單在等著我們；當大家正在猛開香檳、為這項想像中的資本主義之「勝利」大肆慶功之際，卻沒有人花一分鐘的時間嚴肅地思考關於未來究竟會成為何種情況的這個問題。

首先，就有許多必須長年不斷、永續進行的工作：降低我們的成本及對我們顧客的需求做出回應……。

除了我們在競爭方面的會議事項之外，我們還有一項社會的議程……。

◎今天，我們將要表揚那些表現傑出的代理商們，我們在此對他們的工作致以最熱誠的支持……而這些代理商及我本身所屬的公司，將要向各位說明互動式廣告的前景會呈現出何種的狀況。

當然，我們無法預知未來；如果我們能辦到的話，那它就不足以稱為未來了。但是，對於互動作用將朝哪個方向發展，各位卻能夠獲得一種強烈的線索——藉由閱讀《時代週刊》在十二月十六日所出刊的封面報導中所述。這篇文章的主題是〈在網路中尋找上帝〉，而它的副標題則是「透過網際網路，信仰者們正在檢視他們在信仰、宗教以及靈性上的各種觀念。」

這篇文章的部分內容中提到：

幾乎就在一夜之間，由網際網路所形成的電子化社區，就已聚集成一個高速的知性市場，數以千計的信仰者，以及同等數量的無信仰者匯集於該處，而與我們長久以來就不再公開討論的許多事情，如我們的信念與宗教信仰等，有關的各種爭論及意見交換，也聚集於該處。這是一項令人驚異的科技上與智能上的主流行為，它不僅讓網際網路的特性被改變，甚至還改變了我們對於上帝的觀念。

我發現這篇文章相當吸引人！不論你的宗教信仰為何，它對下列這個問題而言的確是一個令人驚異的實例：網際網路能夠如此迅速地，而且是精確地對顧客們的明確需求做出回應，以及它甚至能改變各種被相互傳達的觀念。更甚者乃是：我們這個時代的口號已成為「網際網路就是答案。而問題是什麼呢？」換言之，對所有的人而言，網際網路的確已成為無所不能。因此，人們究竟需要它成為什麼樣的一種情況呢？這個議題——而不是科技的本身——正是和我的公司相類似的所有企業，以及諸如在座各位代理商們所應該關切的焦點。[3]

開場策略10——以某個一般性但必須有所關聯的主題來作為開始，並將其與聽眾及演說題目連結在一起

下例中所提出的乃是一種與未來有關而足以使人關切的看法，隨後再將其轉移到聽眾所關切的事物上。

我認為各位在選擇某項主題時，必定都會與金錢有關。我們能夠追求未來之需要的唯一途徑，便是善用當前的各種機會。這正是我們在事業中所抱持的理念。如果我們無法做到在目前就採取行動以準備迎接未來的變化，那我們可能就永遠無法達到任何目標！

我很感謝主辦單位邀請我今晚來此並和各位聊聊，因為在座各位給了我一個相當罕有的機會，讓我能夠對自己極為關切的這個領域，做出某些有用的建言。

當我在思考著今晚應該和各位談些什麼時，我由某一本流行科學的雜誌中挑選了今晚這個主題。這是個相當特別的議題，其內容幾乎全都和即將到來的二十一世紀有關。而未來究竟會呈現什麼狀況呢？

如果在那本雜誌中所有專家們所言都是正確的話——他們的這些預測，乃是以目前已經在各

學術及企業研究中心內進行的各項計畫為基礎——我們將會擁有具備人工智慧的機器人……這是一群不需人類監控就可以獨立作業的機器人，它們可以從事日常的家庭瑣事、在礦坑中工作或是探索其他的星球。我們將會住在塑膠製成的房子內，其中配有一個單獨的主控制板，來處理由音響設備以至於保全系統的所有事務。我們將會擁有不需要鍵盤的家用電腦，因為這些電腦將能夠判讀我們所寫的字並瞭解我們所說的話……此外，我們也可以將整座圖書館中的資料，儲存在某個厚度不超過一本詩集小冊的裝置內。

我們也將會擁有目前仍未問世的各種數位化的樂器、全自動化的醫療診斷與治療、由試管中培育出的棉花、由我們本身的組織所創造出來新的身體部分、完全由電子工學所控制，並且能感覺到駕駛所無法看到之障礙物的汽車，以及——而這也是我最喜愛的——嚐起來就和實物完全一樣但卻不含任何卡路里的人工糖及肥肉！

沒錯，它將是個很棒的新世界，與目前大不相同。但當我放下那本雜誌後，腦中開始思考：那我們的社會又將如何呢？畢竟，科技與社會進展之間的關係，並非那種嚴格地因果關係。因此，未來將會為我們保留些什麼呢？我們大家是否都可以同時邁入到二十一世紀之中？我們每個人，甚或是大部分的人，是否都能夠享用這種科技上的豐碩成果呢？或者是我們將更進一步地演變成一個兩極化的國家——擁有者與一無所有者兩極分明？

這個答案有一部分就掌握於今晚在座的各位，以及遍佈於全國數以萬計和各位一樣的人們身上。除了世界和平之外，或許已沒有其他的議題更值得我們關注及投入心力。

我從不懷疑那些科技先知們所預言的所有事物，因為不管是以何種方式或型態，它們總是會成為事實的。科技擁有它本身的自然衝量與動力，那是由科學上的好奇心（人們常會問「我們能否做到這件事情？」）以及市場的力量（人們常會問「我們能否將這樣東西銷售出去？」）所創造出來的。但是，關於仁慈博愛的驅動力量則必須不斷地被更新。它是以你將所有的家庭、組織與個人都視如自己般的利他主義來作為開始，無私地為其他人的福祉而貢獻。

我們目前的情況就像是正在逆流而上，不僅要對抗冷漠不關心與「獨善其身」這種想法的自然思潮，而且還要對抗無以數計使我們的使命愈發艱難的外在事實。

開場策略11——談論聽眾本身的感受、信念、態度、狀況、成就或是面臨的各種挑戰

◎我將要討論的是我對於公開演說所深信不移的第一法則：瞭解你的聽眾。我曾嘗試去揣摩想像各位腦中的各種想法，而當我這麼做的時候，我回想起畢業時發生於自己身上的實例。在這個基礎上，我做出了幾點揣測。我必須說：它是一種由想法與情緒所構成的複雜組合。

各位今天或許會覺得興高采烈與生氣蓬勃，因為你們剛跨越了一道相當高的障礙。但是，你們也可能感到擔心，因為還有更多的障礙橫阻在各位面前，它們之中有某些甚且會高過於你們今天所跨越者。

你們也會覺得充滿安全感與被認同。你們在此處已建立起堅定的友誼，其中還有些或許會陪伴各位度過一生中的未來歲月。然而，你們也會因為下列這項無法改變的事實而覺得有些感傷：有許多與各位共度這段大學生涯的人，從今以後將在你們的生活中扮演著相當微不足道的角色，甚或自此音訊全無。

此外，各位也會覺得學有所成與準備充分。你們剛投入了四年的艱苦時間來追求自己的學識及理想，而且也已做好將它們奉獻於工作上的準備。但是，你們不由地又感到有些焦慮不安，因為各位如果從這所傑出院校中真的學到某件事情的話，那必定是：你們所接受的教育只能勉強算是一個起步罷了。

事實上，我還要告訴各位一件更嚴肅的事情：在這個優美而平靜的校園之外，乃是一個複雜、快速變遷的世界，各位在此所學到的知識已經開始變得陳舊而落伍了！但是，大家也不必對此感到過於憂慮，因為這正是知性所賴以為基礎的特質，它是如此的明顯，以至於有位作家就將「教育」定義成「在我們將自己所學到的所有事物都遺忘之後所殘餘下來的東西」。」

至於各位心中所懷抱的理想，我希望你們能夠對它更加關切，因為就像各位可能已經知道的，這些理想在各位即將踏入的現實世界裡，必定會接受到某種嚴厲的挑戰。

這讓我想起了鮑伯．霍伯在提醒所有畢業生即將面臨「冷酷而又無情的世界」時的有名忠告，他的智慧箴言只有兩個字：「別去！」

但是，最後的必然結果仍是：你不得不前往！正因為如此，而引發了我今天想要和各位討論的幾個問題：當你到了那裡之後可能會發現些什麼，以及你要如何讓自己的理想能夠繼續維持不滅——即使這個真實的世界將會不斷地對你們澆冷水？

◎各位晚安，請容我先告訴大家：能夠再次來到這裡，並與某些我最青睞的人——電機工程師——共聚一堂，這使我感到無限的喜悅。

我認為能夠經常和各位聚在一起聊聊，這對我來說是相當重要的，因為我們正置身於一個改變如此快速而又讓人興奮的時代中。那位曾說過「你絕不可能在兩次都見到同一條河流」的人（因為河流的不斷流動而使它呈現出不同風貌）真的是應該來參與我們今天的聚會，並看看我們所獲得的成果：一條壯闊而波濤洶湧的河流，其中充滿了許多的漩渦與轉折，以及無數暗藏的礁石。但是我覺得這是很棒的——想必各位也如此認為，因為它將為所有的工程師們創造出無數的新挑戰，如果大家不介意我這麼形容的話。而在歷經這些挑戰之後，各位的工作仍然是相同的，或許也可說是截然不同的。

相同的是：身為工程師所要扮演的角色，依舊是將所有創新的觀念轉化為能夠發揮效用、能夠改善人們生活的各種實際可見的產品，以及各種優雅的、簡易的解決方式……而且，正由於工程師們做到了這點，進而幫助了他的組織能在市場上無往不利。

但是，各位的工作也是截然不同的，因為你必須在一種快速變遷與不斷嘗試的狀況下，來做所有的事情，現在要告訴各位一件好消息，也由於這個原因，提供了各位許多創意性方面的新通路，並帶給各位許多新的機會，以便為整個企業的成功做出貢獻。

現在，就讓我針對這些情況究竟是些什麼，提供各位一種快速的說明。

開場策略12——以某種聽眾能夠極易瞭解的情境來作為開始

很高興有這個機會能在此和本公司中的主要領導者們共同進行這項會議，而能在各位菁英面前對本公司的基本政策做一說明，更使本人深感榮幸。今天我要向各位揭櫫的基本政策，也可說是象徵著這次會議主要精神的箴言——贏得勝利的規劃。今天我們將提出的乃是這項「贏得勝利的規劃」中的一個重要部分，而且我們要能確定以它來對這項規劃進行查核。

各位不妨先思考一下，「勝利」的意義究竟是什麼。各位想像一下：有某些產品相當完美，它們能夠投合市場所需並充滿價值感，而讓顧客感到供不應求；我們公司突破了各種競爭，並以一項接一項的傑出產品而使市場佔有率不斷躍升。大家想想；而且要真正地將這件事深植於你的腦海中：我們已成為這個行業中眾所公認的第一把交椅，我們的員工們因此所感受到的自豪，報章雜誌與大眾對我們的激賞，以及競爭者對我們的羨慕。

這些都是可能發生的。而我今天要和各位討論的，就是某些有助於讓這些理想成為事實的有力新工具。

開場策略13——運用這項計畫的名稱、討論的主題或是邀請的信函

◎在貴協會發給我的邀請函中，我無意間看到了下面這句話——「由於在我們這個行業中充滿了太多的不確定性……。」

這句話讓我不禁開始進入沉思之中。沒錯，我們的確要面臨並處理無數的不確定狀況。但是，我們這個行業中更具有挑戰性的，則是那些確定的狀況：

・競爭將會持續白熱化的確定狀況

・產品的前置時間將會日益縮短的確定狀況

・有關於我們這個行業中的所有事物，將會繼續改變的確定狀況

・對於我們所建立的產品種類，以及政府將會有越來越多之意見的確定狀況

・創意力將有助於決定何人才是九〇年代市場上之勝利者的確定狀況[4]

◎我認為我應該利用今天早上的一點時間，來幫助各位建立起使你獲致卓越的橋樑。我對建築所知有限，但有一件事情似乎是各位都必須預做準備的，那就是——瞭解整個環境及整個地形、整個地質。

對我而言，它所代表的就是市場，尤其是在市場中的關鍵要素——顧客。我們的表現是否傑出，顧客就是裁判；而我們所提供的是否具有實際價值，最後的仲裁人也是顧客。因此，針對這群二十世紀末期，以及即將到來的二十一世紀之顧客，我們僅就目前所知者提出一些看法。

然後，我也將在一種強調如何增加顧客價值，以及將焦點特別置於廣告的基礎下，大略談談與「可建立起這座橋樑的各種策略」有關的內容……我知道這也是各位即將從事的項目。

最後，我將針對成功的建立這座橋樑的各種「無形要素」：動因、驅策力、精神與理念基礎，提出幾項相關看法，它們也是在座各位和我本人在遭遇到挑戰及改變時所不可或缺的。[5]

開場策略14——談論該組織

將該組織與相類似的其他組織做一比較或對照，或是與擁有同樣名氣的其他組織做一比較或對照。

各位午安！對於能夠向密西根大學校園內，我所知道的規模最大的非希臘裔學生組織發表演說，本人深感榮幸。

此外，就在我前來此處的路上，我發現到一件事情：各位與那些其他團體之間所存在的差異，其實並不需要那麼明顯。「密西根經濟學會」（Michigan Economic Society）很容易地就可被翻譯成"Mu Epsilon Sigma"（註：均為希臘字母，分別相當於羅馬字的m、e、s），或簡稱為"Mu Eps"。從這點來看，其餘的交流也就相當自然了：一種神秘的握手方式（以一種模擬企業週期的起伏動作來移動彼此握住的雙手）；一種入會的儀式（入會者必須以倒退的方式來背誦一段摘錄自Adam Smith著作中的文字）；當然，以及定期在一間私人的「馬爾薩斯場所」（Malthus Room）內舉行的聚會，在聚會中將會提供一份收費為一塊錢的午餐，以象徵「天下沒有白吃的午餐」這項事實。

然而，撇開其表面上的意象不談，我認為我們這些經濟學者們真的就像是某種宗教團體一般。我們擁有三個會場：學術界、企業界以及政府，而且每個會場中的成員，都必須在提供他們時間的不同狀況下來發揮自己的功能；雖然如此，我還是可以告訴各位：與學術及政府、或學術及企業間相較之下，企業與政府之間還是較為相似的。

讓我們覺得自己是個宗教團體的另一種感覺，則是我們的所作所為有時候會遭到誤解；這些誤解不僅是來自於一般人，而且也經常出自於我們直接為其工作的主管及政治人物。對於這點感到懷疑的任何人，只要看看那些不勝枚舉、與經濟學者有關的笑話，就可以獲得證明了；在此我隨意都可舉出某個單一實例。

開場策略15——運用時間、日期、月份或年度

在歷史上的今天，曾發生過什麼大事呢？在今年內又有些什麼大事呢？在這個月的其他日子裡，又有些什麼值得大書特書的呢？

歡迎各位！我很高興你們能夠來到這裡，因為這將是一個極為有趣的早晨，而且我認為這麼做對各位而言是值得的。

我們今天在這裡的目的，是要為一間重要的新動力建築的啓用揭開序幕——牛皮紙食品首創的供應者多樣化月份。

目前，就在世界上的其他各地，無以數計的團體已將十月份做出了各種不同的主張。肺部健康月、全國犯罪防制月、全國肝臟覺醒月、全國披薩月、全國通心粉月、全國素食者覺醒月、全國鐘錶月、甚至還有自動電池安全月，而這些只不過是冗長名單中的一部分而已。但是，我們絕不會讓上述任何一者分散了我們將焦點置於供應者多樣化的這項主題——它不僅是整個十月份，也是之後每個月份中的焦點所在。

我們為何要有這項焦點？以及為何要選在這個時候？這些都是我馬上就要回答各位的問題。此外，我也想要談談與各位有切身關係的某些事情。供應者多樣化會面臨到哪些挑戰？以及同等重要的問題：它可以為我們帶來什麼回饋？6

六種收場策略

當你提供給聽眾足以完成你的各種目標的資料時（內容要恰到好處，不多也不少）那就該是結束的時刻了。話雖如此，但我們通常並不能就此突然打住，否則的話，就如同你和某人寒喧之後並未道別就逕自離開一般。你必定要有一些告辭的客套話或行為，某種能讓聽眾感覺到討論已經結束，該是互道珍重的表示。

此節中僅舉出六種概括性的結束策略。每一種都可以被加以塑造，以適合你的聽眾及演說場合。而且每一種也都可以透過條列化來加以擴張（例如，在策略1中，你的訊息可能意味著四種不同的事情；在策略2中，你則是希望他們採取三種不同的行動）。此外，如果情況合適的話，你也可以考慮藉由說些稱讚或褒獎聽眾的事情，來作為結束；就如第一個例子中所示。

結束策略1——網羅精義

將所有內容做一彙總，並把重點置於你的訊息中對聽眾本身、或是對他們的領域、或是對你和他們共享之領域有所意義的部分上。

在以上的演說中，我對這個行業的前景做了某種檢視。而現在，我要以簡單的幾句話來對我個人所見到的事做一總結：新的品質水準、可靠性以及可持續性、改善效率、還有較低的生命週期成本，這些全都可藉由標準化的規格與先進的科技來使其成為可能，尤其是微電子學。先期的投資或許會比較高，但對於整體營運成本所產生的減低，卻是十分值得的。如何藉由創新的設計、自動化的生產及持續地和你的組織進行溝通（這也是最重要的一點），來使它成為值得亦即帶給你最高的回饋，這便是身為製造業者的我們所要面臨的挑戰。最後要提及的是：感謝各位給我這個機會來參加你們的會議。尤其是要對各位及貴公司在促進我們這個行業向前進展時所做的傑出貢獻，致上個人的感激與祝賀之意。我希望在座的每一位都能夠善用正位於我們眼前的許多良機，而獲得更輝煌的成就。

結束策略2——付諸行動

說明你希望聽眾在吸收了你所提供給他們的訊息之後，能夠採取何種的行動（選擇方式：也可以先把你的目的再重述一次），就像是下列第一個例子所示；或者依據他們本身的決定來付諸行動，就如下列第二個例子所示，你也可以藉由說明你希望某些其他的實體，如你的組織、國會等，在使用你所提出的各種事實、資訊及議論之基礎下，能夠採取何種的行動，來作為結束。或者是，你也可以代表你的組織做出某種個人的誓言或承諾；就如下列第三個例子所示。

◎現在，讓我再回到我的基本主旨：行動。在往後的幾天，以及未來的幾個星期裡，各位根據我剛才所說的內容，將會採取什麼樣的後續行動呢？

首先，我認為我們對那些在事業前程上充滿熱望的學生們，應該嘗試提供他們能夠使自己的各種人類屬性獲得最大發揮的訓練指導。這也意味著我們必須確定他們對存在於人性價值與企業價值之間的相似性，都能夠有所瞭解；而我在剛才都已對這些內容做過討論。

為了達成這項目標，所有的大專院校都應該舉辦各種的小型會議、辯論會、討論會、研究講習會或是短期的課程；它們都應該公開、並且提供給學生及教授們一起參與……。

至於第二項的行動，則與我剛敘述過的存在於展望中的差異性有所關聯。企業界的人力資源專業人員及學校裡的職業介紹諮詢人員，必須要對這些差異性有更深入的瞭解，如此才能幫助那些工作應徵者們在企業界中找到最適才適用的公司……。

最後，還有某些行動是我希望在座諸位所能夠採取的，我希望你們每個人都能與另一位和自己意見相左的人聯絡，並計畫好在未來的幾個星期內去和這個人碰面，並將諸位在未來幾天中所討論的各項觀點付諸實行。

◎我希望這項計畫能夠幫助各位在知識與閱歷上都獲得成長，並使各位對於如何在我們這個快速變遷的全球市場中獲致成功的各種策略，有更清楚的認識。但是，在各位朝向發展為一位企業經理人與領導者的路上邁進時，還有另一項要素，一項攸關成敗的要素，是你必須自己努力營造的。

我要告訴各位的是：如何讓你的風采氣度成長。南斯拉夫有句諺語是這麼說的：「如果你希望能夠真正地認清某人——那就賦予他權力。」

這句諺語可直接適用於你的職業生涯上：你在個人表象上的成長，必須與你在企業地位上的成長同時進行，唯有如此，當你在獲得各種新的職位時，才能成為一位發展更加完全的人。

以下這句話，便是我對各位在規劃個人成長時的建議：「讓自己成為一位你希望去拔擢的人。」

不斷地試問自己：在這樣的一個人身上，你希望去發掘些什麼。機智聰明、全心投入、工作努力這些都是最基本的。除此之外，我們還應該把誠實、正直、廉潔、對其他人之需求與尊嚴的敏感性列入其中，這些特質不僅是一位良好的經理人員所需具備，而且也是良善的生命中所不可或缺的。

我相信各位必定能在我的表單中再加入其他項目。事實上，我也鼓勵你們這麼做，擁有一份你自己的表單，並用它來對你自己進行測定。設定你個人的目標，就如同你為自己的業務單位設定目標一般；並且盡己之力來誠實地達成這些事項。如此一來，你將能夠具備成為一位傑出的經理人以及一個真正的萬物之靈——而且也是一個真正的世界公民——所不可或缺的各項基本要件。

◎讓我們以一個簡單的觀念來作為結論：我們對於自己在一九九〇年代的目標已有相當明確的瞭解，並且誓言要完成它。

這項目標中涵蓋了兩個主要項目；兩者都極為重要。第一，持續以各種方法讓我們的顧客感到愉悅及滿意。第二項，以誠懇、充滿活力且不落人後的心態，提出與我們的行業及我們的產品有所牽扯的各種社會與公共政策議題。

我在此向各位保證，我們公司將會繼續在朝向這兩個目標的路上努力不懈。我要求在我們全球各據點中的所有同仁，和我一起加入這項承諾中。這是我們的責任，不僅是為了我們自己的未來，而且也是為了世界上所有授與我們能夠存在及進行生意之權利的團體。對他們來說，這是我們起碼要做到的事情。

結束策略3——結果／展望

向聽眾說明你的提議或是你在演說中所描述的各種狀況，可能會衍生出何種的結果（或是你希望能夠發生的結果；選擇方式：也可以先把你的目的再重述一次）。

◎現在，就讓我藉由對我們這個被稱為「經濟樞紐」的行業做一觀察，來作為這次演說的結尾：它是介於在過去已對我們國家做出無比貢獻的煙囪工業，以及對於我們的未來做出許多承諾的高科技產業之間的一種樞紐。

如果這種說法屬實——而我相信事實的確如此——那麼我們將在使美國的經濟健全性、活躍性與競爭力獲得復甦方面，扮演一種中樞的角色。而且我們也已經做好充分準備，來扮演這個角色。

各位雖然無法讓時光倒流，但是你們卻可以為它上緊發條。而這正是我們必須去做、能夠去做以及將要去做的事情。我們已開始在這麼做，而且我們也知道應該如何讓它持續下去。我對此感到樂觀，因為這項初步的成功將帶給我們繼續前進的決心。讓美國就像它過去一樣，再次成為具有競爭力的巨人，並讓這個具有無比生產力與強而有力的國家，最後能夠再度成為未來的經濟領導者。

與此相較之下，再也沒有其他事情能讓我感到更愉悅了。

◎我相信歐盟將會發展成一個充滿動勢而團結一致的市場——並在世界經濟舞台上，扮演一種嶄新及活力充沛的角色。而且我期待——我希望各位也和我一樣能見到夢想成真的那一刻。

這項策略也可以利用「修辭疑問句」的方式來執行，也就是說，它的答案通常都是一種明顯而又斷然的「是」。以下便是這類實例：

是的，這是一個讓人震驚的時代，充滿了希望與改變。我們能否隨機應變，妥善處理難題？對於我們所面對的各種挑戰，我們能否以嶄新的回應來與圍繞於我們週遭的各項成就——以及我們本身在過去已實際獲致的成就相配合？我們是否能讓合夥與合作的精神繼續向前邁進……並創造出一種能為九〇年代與二十一世紀的顧客帶來完全滿意的購買及擁有的經驗？

我認為我們能夠做到……我們必須做到……而且我們也將做到。

結束策略4——確認

再次重述你的目的（例如，「我希望我已說服各位有關於……」或「我希望各位現在已認為……」）。

有人曾提出他的看法，認為「未來」就是一種我們將會把餘生耗費的場所；因此，我們必須對它有更深入的認識。如果我已經讓各位對此有更深的瞭解，那麼我們今天在此所共同投入的時間就不算白費了。

下列所述乃是這項公式的另一種變化，以使其更能契合你自己的演說：「我已被說服並相信……（陳述你演說中的主要論題）。如果我也讓各位對此深信不移的話，那麼我們今天在此所共同投入的時間就不算白費了。」

結束策略5——特質

以聽眾（或是某種規模更大的實體——例如，整個組織、國家、社會或是整個人類）為了完成你所提出的各種目標，或實現你所揭櫫的各種觀念時所必須具備的各項特質、才能或態度來作為結尾。

現在就讓我以一種樂觀的論調來作為結束。

在我們系統內的諸多優點中，那種被稱為「具創意性的破壞」之能力，便是其一；它指的是把那些不再有用的事物毀掉，來作為在其原址上建立起某些更佳事物的一項前奏。

聰明的科技……機敏的公共政策——我們可以同時擁有這兩者。但是我們必須探觸到我們國家寶藏中的更深層才行。

我所說的並非金錢，雖然它也是相當重要的。我要談論的是我們真正的財富：我們的聰明才智……我們對團隊合作與努力工作的那股熱誠……我們在冒險犯難與改革創新上的能力。

它們以前從未曾讓我們潦倒過；而它們現在也必定不會如此。

結束策略6——契合

亦即運用某些方法，讓你的訊息能夠增強（或建立）你和聽眾之間、聽眾彼此之間或是聽眾與某個規模更大的實體之間的關聯性，並使其緊密結合。

最後一個看法：我們公司所面臨的各項挑戰是值得我們加以探討的，因為這些挑戰並不是只出現在我們身上……它們是所有美國的企業與公司都將遭遇的。

某些公司獲致了相當傑出的進展；而其他一些公司在其進展上則並未如此明顯。但我並不認為這些進展將會告一段落。

每一個組織都應該與其顧客群保持密切而持續的接觸，唯有如此，它的產品才能夠反映出顧客的品味、偏好及期待。每一個組織都必須直接而主動地致力於讓所有的員工都能參與這個企業的成功……並且讓所有的員工都能提升個人與工作上的成就。而且每一個組織也都必須冷酷無情地在其內部與外界中，尋找各種新法來縮減前置時間、開發新的科技及進行更快速的改革。

當我們對改革創新進行更多的培育時，我們在成為Peter Drucker所說的「一種企業家的社會，（在這個社會中）改革創新與企業家的地位乃是正常的、穩定的、而且持續不斷的」程度也就會越高……而它們都是屬於「不可或缺、以及維持生活的各種活動」。

這樣的一個社會，必須對未來永不畏懼才有可能達到。它是一個每天都在不斷創造的社會。

鉅力萬鈞的結束：結尾詞

不論你所選擇的是哪一種策略，永遠都別忘記要嘗試去營造一種最後的「漸強音節」；唯有如此，才能讓聽眾在離席時處於某種強烈的情緒狀態，並對你的演說深感滿意——就像是一場音樂演奏中的結尾般，讓聽眾們有餘音繞樑三日不絕於耳的感覺。要達到這個境界，你必須將焦點置於結尾詞中的每一個部分。

▼內容：讓結尾成為整場演說中「最強烈」的部分——不論是在寬廣度、看法、觀念及概念上（當然，它必須與篇講稿中的其他部分有所關聯：例如，在一場每季銷售

報告的業務發表會上，其結尾應該要比其他部分來得更為高亢些——但是那種花言巧語式的攀緣附會，就有些不恰當了）。

▼措詞語法：使用強烈、生動、具體及明確的字眼。

▼抑揚頓挫：在最後的一句話中，應該要有數個強烈的加重用詞；其中之一還必須落於最後一個用字上。此外，由三種陳述或概念所構成的群體，與兩種或四種所構成者相較下，前者在聽覺與意念上所帶來的衝擊顯然要更為強烈（例如，在上例中所使用的三種重複用詞「每一個組織……」）。

▼漸層法：一篇講稿的結尾詞應該使用一句能夠營造緊張懸疑的長句，或是一句長句、再加入一句能夠以某種抓住意念之方式來將整個觀念做一結束的短句。

以上所舉的每個例子，都符合於這些準則。

你可以將所有的這些要素都融入於你的結尾詞中，但是你還必須讓他們能夠產生影響。為了要獲致最大的衝效果，你可考慮將他們以粗體字標出並銘記在心（即使你是使用草稿來做演講時，亦復如此）；這樣一來，你就能夠很快地將目光注視在所有聽眾身上，以避免在這個緊要關頭出現結巴支吾及狼狽不堪的窘況。

注　釋——

1. The flow of topics goes from general to specific. The other direction is OK too, but general-to-specific allows the speech to end with a focus on the audience members' favorite subject—themselves.
2. "The Speechwriter as Candidate." Remarks by Alan M. Perlman to the Chicago Speechwriters Forum, Northfield, IL, April 2, 1996.
3. "The Internet Is the Answer— "But What Is the Question? " Keynote remarks by Kathy Olvany Riordan, Director, Media Services, Kraft Foods, Inc., at the Ad Club of New York's "Best Interactive Agencies of 1996" Program, Dec. 18 , 1996.
4. Note (1) the conversational language ("Well, that kind of got me to thinking.")and (2) the repetition of *certainty* as an emphatic device.
5. "Building the Bridge to Excellence." Keynote remarks by Robert A. Eckert at the Annual Convention of the National Turkey Federation, San Francisco, CA, Jan. 13, 1997. "Building the Bridge to Excellence" was the theme of the conference.

6. Kraft Foods Supplier Diversity Month Kickoff remarks by Robert S. Morrison, CEO, Kraft Foods, Northfield, IL, Oct. 3, 1996.

第四章

簡潔有力

控制時間與篇幅的幾項祕訣

對你的講稿計時

當你完成講稿的初步撰寫後，接下來就得開始考慮它的篇幅長短與所需時間。如果你所使用的是一份正本，這便是一件頗為直截了當的事情。你只須花上一分鐘的時間，大聲將某頁內文朗讀出來，再計算這段時間內所朗讀的字數（可運用文字處理軟體中的計算字數功能來執行），然後再將整份草稿中的總字數除以這個數據後，便可算出所需要的總時間。另一個方法是，你可以計算朗讀一整頁內文所需花費的時間（據我個人發現，大部分的人讀完一頁使用雙行距、每英吋距離為十個字的內文，約需花費六十至九十秒），然後再將其乘以總頁數，便可算出大約需要的時間。

如果你所使用的是一份草稿，在時間的計算上就需要一些技巧了，如使用碼錶，從頭到尾地對它進行複誦演練等。

當你這麼做的時候，一定要牢記你的時間限制。如果你的講稿耗時太長，就必須運用本章中所述的各項技巧，將內容縮減到適當的篇幅——並使其達到簡潔有力的效果，這是在任何場合中都廣受歡迎的。

達到簡潔有力的各種途徑

在一篇符合經濟效益的講稿中，應儘可能使用簡潔有力的文字，唯有如此，才不會讓聽眾的耐性或注意力被消耗殆盡。它應該是一份內文最精簡，同時又能達到完成演說者之目的、實現聽眾之要求這兩項目標。

如果各位能遵循我在前文中所提出的「目的與聽眾控制了內容」的原則，那麼各位就已朝著達成這些目標的大道邁進。當你的訊息開始成形之際，其中所包含的應該只有那些不可或缺的內容，因為你已經：(1)反覆地試問自己在先前幾章中所述各項與目的及聽眾有關的問題；(2)將目的／聽眾／內容的各項原則牢記在心，並把不符合這些原則的所有訊息都已排除在外。雖然如此，我們還有其他的兩種策略，能夠引導各位使其餘的內容達到真正的簡潔有力。

簡潔有力策略1——透過「無傷大雅」的原則來減少非必要的用詞

當你必須讓自己的講詞達到儘可能精簡的時候，這項技巧就相當適合。你只需要針對每句話來試問自己：是否有任何的用詞或典故在被精簡之後，其原有的涵義會被誤解或扭曲。

你可以注意那些使用造成、採行、乃係、帶來等並不具「實際意義」的連接詞，例如，「加以考量」、「進行嘗試」及「帶來某種結論」等語句，可使用並不會影響其涵義的單一用詞來取代「考慮」、「嘗試」、「結論」。這幾個例子可提供各位適用於無以數計之情況中的一項關鍵準則，因為這些同樣的起頭字還會與其他不勝枚舉的用詞結合在一起，例如，「做一估計」與「估計」等。採用這項原則後，你或許就能刪減掉相當多的非必要用詞——合計起來可能會花上整分鐘或更長的時間。

你也可以針對那些與其他文字之涵義完全相同，或部分類似的複合用語進行簡化，例如：重新再回到（重新就已帶有「再回到」的涵義）、基本的基礎（基礎就必定是基本的）、看起來顯而易見（看起來就已經是易見的），以及加上額外的（加上就意味著提供額外的……）。

使用這項原則的唯一例外，是在利用重複陳述來達到強調之作用時。有時候，重複陳述乃是有其必要的；它能夠作為一種強調時的有力訊號。舉例來說：

「我們需要更高的品質，較低的成本，以及更佳的投資報酬率。」（平凡的陳述）

「我們需要更高的品質，我們需要較低的成本，而且我們需要更佳的投資報酬率。」（以重複陳述來做強調）

簡潔有力策略2——減少不必要的陳述——本文與背景

第二種可以達成經濟效益的主要策略，就是把聽眾由你的本文內（因為你已經對它做過陳述，或是假定它是真實的）或是由他們本身的背景——即他們所受的教育、信仰、經驗及知識中一窺究竟的所有內容刪除。

減少那些能夠由你本文中所獲得的觀念

針對你講稿中的每一項觀念，試問自己：「聽眾是否會記得我已經對此做過陳述？」。如果你已經提過它，就可考慮將其刪除。我在此處使用「考慮」這個字眼，是因為你的演說內容可能相當長、而你的主題或許頗為複雜或聽眾對它並不熟悉，這時你就必須將提醒的訊息散佈在整篇講稿中，以提供給聽眾。然而，我們最常見到的則是剛好相反的狀況：經驗不足的演說者以遠超過實際需要的頻率，一再地強力放送這些觀念。

導致這種情況的部分原因，是由於他們並不清楚有多少的用詞可以被濃縮在某個單一用字的涵義中。

你並不需要去說：「我們對於到目前為止在降低成本方面所獲致的進展，感到相當滿意。」事實上，「到目前為止」的這項觀念，已經涵蓋在「進展」這個用詞中。此外，「所獲致」也是一個非必要的用詞（既然是進展，必定是已有某人將它完成）。我個人會把「所獲致」這個用詞刪掉；然後，為了使整句話在文法結構上正確無誤，我會使用「我們的」來取代「我們」這個字眼。這句話被修正後就成了：「對於在降低成本方面，我們的進展讓我們感到相當滿意。」

減少那些能夠由背景中所獲得的觀念

針對每一項觀念，試問自己：「根據聽眾對這個領域及對我演說主題的認識，他們是否已經知道這項觀念？」如果是的話，而他們也不需要任何提醒時，就將它刪減。

審視：目的／聽眾／內容方面的問題

各位不妨重溫我們於第一章中所提到的目的／內容，以及聽眾／內容的各項問題；它們應該有助於使你確認出各項重複多餘的觀念。當你在檢視每一句話及每一項觀念時，試問自己下列各項問題，這是相當重要的：

▼「在不需要我協助的情況下，聽眾是否也能夠獲致這種結論？」此項問題的重點在於：在你的證據或推理過程中，避免因為過多不必要的解釋或說明，而使聽眾感到無法承受。

▼「聽眾是否已經傾向於相信這種觀念？」對於那些已獲得大致認同，並不需要太多辯解的觀念，你大可不必滔滔不絕地對此進行雄辯。

▼「聽眾是否真的需要知道這項觀念？」這時你要試問自己的則是：某些陳述、觀念或是看法，是否與你的目的有所關聯（切記：「目的控制了內容」）。

當你必須再做更多刪減時

有時候，即使當你已契合上述所有原則時，你的講稿內容依舊過於冗長。別為此感到痛苦不堪，我要告訴各位一項好消息：要使你的本文大幅縮減，事實上仍是可能的。但是你必須就哪些內容才是真正重要而不可或缺者，做出某些艱難的決定。

首先，將所有重複的陳述刪除。

其次，將各種支持用的資訊（由重要性最低者開始下手）刪除，包括各種證明用的實例，與主題牽扯不大的枝微末節，「若是如此則會發生何種結果」的假設，對照比較，以及演繹類推等。

如果這麼做之後還不足以符合要求時，就得把那些似乎只能契合你次要目標的各種資料刪除。冷酷地試問自己：聽眾是否必須知道這一點或那方面的事情。

最後，再以更嚴苛的標準來應用「背景」這項準則——亦即：假定與會的聽眾對演說主題的背景知識擁有更高的水準。這種作法可讓你刪減掉某些說明用的資料。

當你還在選擇及安排資料時就能將這些問題列入考慮，那是最好不過了。總言之，除非演說的時間長短是由你來決定，否則的話，你就必須在事前充分地瞭解這場演說可以有多久的時間。

只要你有此需求，這些技巧都可發揮相當的效果，因為一篇講稿的內容長短原本就具有極大的彈性。提供各位一個極端的實例：在某個週年紀念日的晚宴中，為了配合一篇感謝詞的實際需要，我曾經以二十五個字來將地方上某位慈善家的生平成就做一彙總。

關鍵在於你要能瞭解：並非你手中的所有資料都具有同等的重要性。當你對每一項觀念的立場都有所概念時——亦即是否「最重要」、「最無關緊要」、或是「介於這兩者之間」——要控制篇幅的長短就容易多了。

第五章

敏捷思維

確定你必須掌握的是什麼

當各位能夠依自己的所知與經驗，來獲得你演說主題中所需要的各項題材時，那麼至目前為止我告訴各位的所有內容都將發揮良好的功效。但是，當某項講稿撰寫工作中的一部分甚或是全部，需要具備你所知範圍以外的各種學識時，你又該如何是好呢？

沒問題！我大部分的時間都花在撰寫那些超出我所知範圍以外的講稿，藉由我即將告訴諸位的各種技巧，每次都讓我安然渡過；這些技巧可以幫助你迅速地獲得與講稿主題有關的實用知識，並在大部分的主題中，都能夠提出一些簡潔有力的概論。

各位不妨看看那些徵求作家的報章廣告，不論是演講稿、公關宣傳、科技方面或是你所看到的其他領域，你都可以發現某些典型的基本要求，例如，必須熟悉保險業務、必須具備醬油業的相關知識。

寫出這些徵才廣告的人，並不清楚他們真正要刊出的究竟是些什麼內容；他們認為應該是你們這些應徵者要知道他們的需求，如此才有可能使你成為一位良好的傳達者。他們將教育程度與主題內容視為相等，但事實上，尤其是在當前這種知識快速更新變遷的時代，真正重要的是一種能夠容納、吸收、整合以及評估新資訊的敏捷思維。

如何迅速取信於人

很少有人能夠讓他自己在所撰述或演說的各項領域中都成為大師級人物。

——John Selden

對於你所演說的各項領域，你不必非得成為大師級人物不可；但是，你所說的內容卻必須要能讓聽眾信服。你必須要能由下列兩個方向來對自己所說的主題有所瞭解，才能產生這種可信性。

精確的——它是什麼？

你必須瞭解它的歷史背景，它的各種基本術語、概念與當前的重大議題，尤其是和聽眾們有切身關係者，以及它們之間的相互關係。

井然有序的——什麼才是最重要的？

你必須能夠從聽眾的觀點來檢視這項主題，並將具有爭議性與廣泛被接受的看法、基本的觀念與只是有趣的內容及「還有什麼其他新鮮事嗎？」的老掉牙笑話加以區別。

你做的這項研究，不論你是參考報章雜誌、教科書籍、期刊論文或是網際網路，並非只是為了取得資訊而已，還要能讓資訊中具備這兩項要素。

精確的透視：我要什麼

當你在閱讀或在網際網路上瀏覽，[1]要蒐集這些資訊的時候，應依據它所能告訴你、與你的主題內容有關的部分，來將每項資訊建檔。

▼敘述：能夠描述、界定或說明你的主題，或是能夠列舉該主題的部分內容、組成要素、基本概念或各種特性的所有資訊。

▼關聯性：能夠說明你的主題是部分類似或相異於其他某些觀念（或個人、過程

等），或是能夠說明該主題是如何涵蓋另一主題，或事實上為何是另一主題之一部分的所有資訊。

▼變異性：能夠說明你的主題事實上為何和另一主題相同，或是該主題為何是另一主題之實例的所有資訊。

▼前後順序：能夠描述你的主題之發展過程，或是能夠將該主題以歷史性或編年史之順序與其他者結合在一起的所有資訊。這個檔案中也包括了能夠說明你的主題如何成為另一主題之背景，或是另一主題如何成為該主題之背景的所有資訊。

▼起因/結果：能夠說明你的主題是如何由另一主題所演變或導致，或是另一主題是如何由該主題所演變或導致而成的所有資訊。

▼影響：能夠說明在你的主題之計畫中的因果性結果、可能的影響、展望或是牽連的所有資訊。

▼評斷：能夠評估你的主題或是該主題中的個別部分，或是該主題所帶來的影響與其他主題間的隔離性或對照性的所有資訊。

當你使用上述方法來組織所收到的所有資訊時，你也正實踐以下三項目標：

1. 你正以一種本身經歷這些題材的方式來組織所有資訊，使它變得在心理上更容易接受並有助於你去瞭解它。
2. 你對於自己的主題本體題材中的重要觀念，變得更為清楚。
3. 你正將它類目化，其中至少有某些資訊會與你講稿內的章節相吻合。

沒錯，你或許會認為：但是當我完成所有的這些動作後，我是否就真的可以寫出一份長達三小時的演講稿呢？

你或許可以，但你卻不能就此罷手。

當你在蒐集資料時，你必須將自己的目標與聽眾的需求牢記在心，而且必須把所有不適合的資料加以拋棄。此外，你還必須不斷地去突破各種可能的死胡同，亦即下列的各種觀念：

1. 你只遭遇過一次的觀念（這可能意味著它們是相當罕見的、毫無關聯的、或是相當出色的，你必須去確認究竟屬於何者）。
2. 似乎與其他觀念毫無關係者（可能因此而與你的主題毫不相干）。

因此，你要做的絕非只是蒐集、整理、安排以及瞭解而已；你也必須明智地選擇那些是有所關聯及具有意義的，並將不符合要求者刪除。當你這麼做時，你也開始邁向兩種方向中的第二種——「井然有序」。

井然有序的透視：什麼才是重要的

當你在蒐集與你主題有關的資訊時，應嘗試去瞭解它的各項關鍵概念與傑出點子。（如果你能廣泛地閱讀而使自己處於消息靈通、有良好情報根據的狀況時，一般來說你也可以產生某些傑出點子。[2]）你可以藉由觀察每一種觀念在你各不相同的資訊來源中是如何被看待，而學得這項「井然有序的透視」。它們是如何來談論這些觀念的？它們是如何將這些觀念與其他的觀念做不同的定位？它們認為這些觀念有多新穎？用處有多大？它們認為這些觀念在說明其他某些看起來似乎毫無關聯的現象時，其適當性如何？

當你遭遇到每一種關鍵概念時，便應該根據你所使用的個人評估系統來回答上述各項問題。

下列便是我個人所使用的一種方式：[3]

▼尚未成為流行的用詞：係指相當新穎的、未獲得證明及大體上未被評估過的所有概念。

▼第一階段的流行用詞：係指因為它們與當代的重大事件之間的關聯性，或是具有簡化或說明這些重要事件的能力，而開始獲得了肯定地看待與廣泛討論，但卻由於太過新穎，以至於尚未取得大家所認同之特定意義的所有概念。在一九八〇年代中曾有一段時間，「競爭力」就是此類的流行用詞之一。它們都是屬於那些見多識廣、博學多聞的人們才剛開始討論的觀念。

▼第二階段的流行用詞：係指已獲得肯定地看待與廣泛討論，並且取得大家所認同（但仍決定於背景關係）之特定意義的所有用詞；在與它們所歸屬之更龐大主題有關的任何討論中，這些「感覺不錯」的用詞，目前幾乎都已被運用其中（例如，於一九九〇年代初期時，在某種程度上甚至還延續到一九九〇年代末期，當討論到企業策略時，再處理與再生便是兩個相當基本的用詞）。

▼第三階段的流行用詞：係指仍被廣泛使用，但在接受度與主導性方面已逐漸不如往昔的所有概念，這是因為它們已被過度使用或過度高估，或是兩者兼具。

▼第一類型的首創用詞：乃是指那些看起來似乎是大有前途，以及具有解決問題或說

明功能的各種概念；其原因或許是由於它們在科技上的炙手可熱（例如，虛擬的公司）。

▼第二類型的首創用詞：乃是指那些在初期的經驗證明為基礎下，已轉變成相當重要或值得廣泛討論的各種概念（例如，「歷史的結束」這項觀念就被認為是冷戰獲得解決之後而產生的，或者是「典型的轉移」這項觀念似乎就契合許多目前發生在世界各地的急劇改變）。

如此一來，你便可掌握「迅速取信於人」這個重點的許多關鍵構成部分。切記：你所需要的絕不只是許多與你主題有關的資訊而已。

▼你需要各式各樣與你的主題有關的資訊（例如，它的各個部分、影響、與其他主題之間的關係等）。

▼你必須知道與你討論的主題有關的各種關鍵術語及概念。

▼你必須知道在每項關鍵概念中已為人所知的新奇事物、衝擊影響及實用有效性。

只要能完全做到以上所述，那麼在所有的實際目的下，你將成為一位速成的專家。當然，你並無法因此而真正地變成一位專家，但在迅速的可信性方面則是不成問題的。你將獲得與你主題有關的某些實用知識，至少已足夠讓你可以由麻煩中脫身而出（只要你能小心翼翼地讓自己不踰越所瞭解的知識範圍），並帶給聽眾一種明顯的印象——你的確對自己所說的主題有所瞭解。

具創造性之引用句：對既有資料的整合

還有另一項我個人在知識獲取方面的祕訣，提供給各位一起分享。當你需要取得與一項主題有關的某些普遍的、有效的觀念時，如某些原則或陳述、可作為特定演說主題之導言、可作為討論主題的一項彙總摘要，甚或是作為組織該篇講稿的一項輔助時，你會怎麼做呢？

我準備要揭曉答案了。就如溫士頓．邱吉爾曾說過的：「閱讀各種引用句的著作，對一位不曾受過教育的男人是絕對有好處的。」對此，我還要加上「而且對受過良好教育的男人及女人，不論她們是否受過教育亦復如此」。

這些引用句的蒐集，並非只是為了讓神職者撰寫禮拜文或說教之用。它們代表著前人，針對各式各樣的主題所累積下來的智慧結晶，而且在字數上極為精簡，通常都在一百字之內。

因此，你如果想要說些與某項主題有關的趣事時，就可以藉由蒐集一大堆這方面的引用句來作為開始。[4]然候再依據一般性的主題，利用「更進一層」的思考方式，來將它們分門別類整理。也就是說，對每個引用句都試問自己：「這個引用句的觀念可以用來作為哪種主題的實例？」或是「由這個引用句中可以引導出什麼樣的結論？」

假設你現在正要撰寫一篇有關於改變的演講稿，而你想要把某些能夠將你和聽眾、或是和你手邊的主題連結在一起的通用原則涵蓋在內。

你開始對自己所蒐集到的各種引用句進行檢視，而且你找到了一則日本諺語：「如果你坐在一塊石頭上長達三年，那你必會對此習以為常。」更進一層地引申其義則是：「我們必須體認到改變的必要性。」

然後，你又看到一則由十九世紀的作家與編輯艾伯特所提出的評論：「近年來世界正以極快的腳步向前邁進，以至於那些聲稱自己無法適應的人，通常都已經被能夠因應潮流的其他人迎頭趕過。」啊！改變真的是相當快。

下面這句話則是由知名的賢哲安豪思所提出：「因應改變就有如戒菸及戒酒，並且進行節食一般，你必須同時進行。」原來要做出改變實在是頗為困難。

然後，你又看到了管理顧問湯姆・彼得森所說的這句話：「時至今日，熱愛改變、騷動、甚至於混沌，已成為生存的先決條件，更遑論獲致成功了。」顯然改變已是必須的。

作家鮑爾溫根據觀察所言：「未來就像是天堂，每個人都對其稱頌不已，但卻沒有任何人想要在此刻就到那兒去。」這句話的涵義與安豪思所言，有異曲同工之妙。

各位對於由威爾與愛莉兒所說的：「未來絕不會憑空而生；它是被創造出來的。」這句話，覺得如何呢？這是一個全新的主題：改變乃是透過各種自覺的選擇所造成的。

出自孔子口中的這一句：「唯適者得以生存」，其涵義則與湯姆・彼得森所言相去不遠。由此可見，湯姆的確在演繹古聖先賢的智慧方面，做出了極大的貢獻！

現在，各位對此應該有些概念才是。你將會見到許多相同的主旨正以不同的方式在重複出現著，這是因為每個時代中的賢哲都不斷地在發掘類似的基本事實。當你檢視過五、六十個針對某項主題的引用句後，你將會發現至少有成打以上的不錯觀念係依據你個人的智慧與經驗來做驗證，可適當地運用在你的演講稿中。

各位如果想知道我是如何將這些觀念運用在一篇講稿的本文中，不妨回到第一章，並瞧瞧我在「聽眾控制了內容」之問題二所舉出的第二個例子。

以下則是另一個例子。主要重點都來自於不同著作中所找到與藝術有關的引用句。

藝術創作的整個過程真的是相當奇妙而不可思議，尤其是對我們這些屬於業務類型，總是必須以先做到無數「付出」來作為起步的人而言，更是如此。

一件藝術作品的真正完成，有如謎團一般地神祕難解。這些藝術家究竟是如何能以那種充滿著完美佈局與均衡美感，以那種由色彩、線條與形狀而構成完美無瑕之組合的方式，來描繪或雕塑出令人摒息的佳構？雖然這些神祕難解的事情的確令我感到好奇，但我並未花費太多的時間來費心質疑……主要是因為，光是去欣賞藝術家已完成的各項傑作，就已經讓我沒有多餘的時間再去思索這些問題了。

首先，各位的藝術作品通常會將某些型態強加諸於觀者；它們或多或少都可讓事情保持一種更有秩序的關係。因為我們的生活充斥著無數變化性與複雜性，但有時它們幾乎會讓我們感到無法不被其吸引，感覺那是一個絕對的存在，如同自然造物一般真實而不容懷疑，而這的確是一個相當值得矚目的成就。

我也發現，各位藝術工作者經常把一些我無法想像的事物呈現在我的面前，那是一些我從來都不知道有其存在的事物；各位無邊無際的想像力，彌補了我本身在這方面的限制。在我們都已深受各種急迫的、每天例行的現實問題所羈絆的社會中，這又是另一個相當顯著的成就。

藝術工作者所做的另一件事情，乃是補捉一種感覺、一種情緒或是生命中某些無法捉摸的其他要素——在我們總是汲汲於由某件事情轉入到另一件事情的同時，我們錯失許多值得佇足並細細品味的各種經驗——相較之下，這也是另一項值得讓人矚目的成就。

最後，各位藝術家也將你們自己顯露在我們面前。透過你們的作品，讓我們知道了你們究竟是誰，而且也向我們展示出你們對於這個世界的高度原始反應。然後，我們才得以藉由注視各位的成果而驚呼到：「沒錯！這正是我的感受！」或是「不對！這和我的感覺完全不同！」但是，不論我們的反應如何，各位已讓我們開始去思考，而且你們也在人與人的鴻溝之間搭起了一座橋樑。在我們大家都投入無數精力、以便讓自己內心中的自我不為人知的這麼一個世界中，這又是另一項值得大書特書的成就。

有效的運用各種引用句

當然，你可能想要以一種較為傳統的方式來運用這些引用句，以便說明你正在提出的某項主旨，或是對其做一彙總，或是對它提供支持或確認以下則是幾點相關忠告：

▼兵在精，不在多。在你的訊息中加入兩、三句精挑細選的引用句，要比濫用六句或八句的效果來得更好，如此才不會讓你自己的訊息顯得殘缺不全，並造成聽眾對於你究竟是否擁有任何獨創的想法感到懷疑。

▼確定這些引用句的確能發揮功用。也就是說，它們真的能以一種鮮活的方式來達到支持、說明及其他各種目的。如果這些引用句無法以它有力的簡明性或顯著的創意性，使你演講稿的價值獲得增加，而只是重複你已談過的內容時，就該將它略過。

▼你不見得非引用整句的內容不可。如果這些引用句過於冗長，就應該只挑選其中和你的講稿真正有關聯，並且能完成你希望它能實現之功能的那些部分（但請切記：千萬不可做任何的改編或重寫；如果它的用語是屬於古體的、曖昧難解的、或是男性至上主義的，那你就該再找其他的引用句或者是以你自己的用詞來做修正，就像我在上文中引用邱吉爾所說的話一般）。

▼在安排這些引用句及確認它係出自何人時，必須特別謹慎。對於聽眾所具有的基本知識，應以一種富學識素養的基礎來做假設，並依據這個方向來進行。像是孔子之類的聖哲賢人，你當然不必再對聽眾詳細介紹；雖然如此，你還是可以提供些許的歷史說明：「在兩千多年以前，孔子就曾說過……」。一位出身於企業界的聽眾必然

知道湯姆・彼得森是何許人物，但是對一位如教堂神職人員的聽眾而言，或許就必須聽到某些像是「根據管理顧問湯姆・彼得森的說法……」之類的內容。如果你找到某人曾說過的一句極佳的引言，但其身分卻又曖昧不明時，不妨使用「有位智者曾提到……」之類的方式來作為開頭。此外，有一點是相當重要的，由於聽眾並不清楚你即將提出某句引言，因此你必須先以其他的用詞來讓聽眾有所準備，就像我在前文中引述邱吉爾與湯姆・彼得森的話一般。避免只是提到：「湯姆・彼得森曾說過……」這種作法顯得有些突兀，而且也很容易使聽眾疏忽掉。

▼可以考慮在這些引用句之後，加入某些「終結句」（或者是結論式的評判）。亦即提供聽眾某種訊號，讓他們知道引用句已告結束，現在你又要開始陳述自己的看法了；例如，「他說得的確沒錯」、「這真是一點都不假」、「這句話真有畫龍點睛之妙，各位覺得呢？」。此外，你或許可以將這段引用句與聽眾連結在一起，或是讓它與自己的主題做一結合。例如，在上文中提到的那一句日本諺語之後，你還可以說：「那麼，我們目前正坐在什麼樣的石頭上呢？我們又對哪些事物已經習以為常呢？」

注釋——

1. A. "file" can be either physical (e.g., manila folder) or electronic.

2. If you can acquire a critical perspective on general knowledge, you'll be equipped to write speeches on a wide range of subjects (as indeed we professional ghostwriters do). This is, of course, a more for midable task than writing on one subject, But it's largely a matter of time and experience: the better informed you are overall, the easier it becomes to assess the perceived value and impact of each new idea and thus to tell the extent to which it seems a real Big Idea (see Appendix for a recommended reading list). And if your speeches contain references to current events or ideas (notice how many of my examples do just that), they'll sound more fresh and interesting, and they'll be connected to the world that you and your listeners share.

3. It's very hard to give examples here, because each category involves a time component, What was a Type 1 Buzzword when this chapter was first written may have moved to Type 3 by the time it's read.

These examples of mid-'90s buzzwords (from *Forbes*, 2/20/95)reveal buzzwords in their final stages of development; the facetious " definitions" show that the words and phrases have been around long enough that their original meanings have been (deliberately and cyniclly) misinterpreted.

Team player: An employee who substitutes the thinking of the herd for his own good judgment.

Reengineering: The principal slogan of the Nineties, used to describe any and all corporate strategies.

Vision: Top management's heroic guess about the future, easily printed on mugs, T-shirts, posters, and calendar cards.

Paradigm shift: A euphemism companies use when they realize the rest of their industry has expanded into Guangdong while they were investing in Orange County.

Restructuring: A simple plan instituted from above, in which workers are rightsized, downsized, surplused, lateralized or, in the business jargon of yore, fired.

Empowerment: A magic wand management waves to help traumatized survivors of restructuring suddenly feel engaged, self-managed, and in control of their futures and their jobs.

4. Half a dozen recent quote books should be all you need to start with (see Appendix). I always buy them for myself, because I don't have time to go to the library, and most libraries don't have many food recent ones. One-stop-shopping for quotations—as well as anecdotes, humor, and much else —is possible on-line, with IdeaBank, the source of all the quotations in this section 【11 Joan Drive, Chappaqua, NY 10514; (914) 666-4211, home page http://www.idea-bank.com】

附錄——參考資料

Asimov, Isaac. *Isaac Asimov,s Book of Facts*. New York: Bell Publishing, 1979.

Asimov, Isaac and Shulman, Jason A. *Isaac Asimov's Book of Science and Nature Quotations*. New York: Weidenfeld & Nicolson, 1979.

Brewer, Ebenezer Cobham. *Brewer's Dictionary of Phrase and Fable*. New York: Harper & Row, 1970. Contains origins of many common phrases.

Brussel, Eugene E. *Dictionary of Quotable Definitions*. New York: Prentice-Hall, 1970. Contains mostly quotes that are in the form of definitions.

Butler, Paul F., and George, John. They Never Said It: *A Book of Fake Quotes, Misquotes and Misleading Attributions*. New York: Oxford University Press, 1990.

Cerf, Christopher, and Navasky, Victor *The Experts Speak*: *The Definitive Compendium of Authoritative Misinformation*. New York: Pantheon Books, 1984. An extraordinarily useful collection of statements and predictions on a wide variety of subjects—all of which turned out to be wrong.

Chase's Annual Events. Chicago: Contemporary Publishing Company. Published annually; contains information about each date and month of the year, as well as birthdays of famous people.

Cohen, J. M. and Cohen, M. J. *The Penguin Dictionary of Modern Quotations*. New York: Penguin Books, 1981.

Dachman, Ken. *Newswordy: A Contemporary Encyclopedia of People, Places, Events & Words in the Headlines*. New York: Simon and Schuster, 1985.

Eigen, Lewis D., and Siegel, Jonathan P. *The Manager's Book of Quotations*. New York: Amacom（division of American Management Association）,1989.

Fadiman, Clifton. *The Little, Brown Book of Anecdotes*. Boston: Little, Brown, 1985.

Feldman, David. *Imponderables: The Solution to the Mysteries of Everyday Life*. New York: Morrow, 1986.

Fitzhenry, Robert I. Barnes & Noble Book of Quotations. New York: Harper and Row, 1983.

Fulghum, Robert. *Everything I Really Need to Know I Learned in Kindergarten: Uncommon*

Thoughts on Common Things. New York: G.K. Hall, 1988.

Griffith, Joe. *Speaker's Library of Business Stories, Anecdotes and Humor*. New York: Prentice Hall, 1990.

Gross, John. *The Oxford Book of Aphorisms*. Oxford: Oxford University Press, 1987. Another good book of quotations—but learned and literary.

Grun, Bernard. *The Timetables of History: A Horizontal Linkage of People and Events*. New York: Simon & Schuster, 1982.

Hay, Peter. *The Book of Business Ancedotes*. New York: Facts on File Publications ,1988.

Hirsch, E.D., Kett, Joseph F., and Trefil, James. *The Dictionary of Cultural Literacy™: What Every American Should Know*. Boston: Houghton Mifflin, 1988.

Iapoce, Michael. *A Funny Thing Happened on the Way to the Boardroom: Using Humor in Business Speaking*. New York: John Wiley & Sons, 1988.

Kent, Robert W. *Money Talks: The 2500 Greatest Business Quotations from Aristotle to DeLorean*. New York: Facts on File Publications, 1985.

Maggio, Rosalie. *The Beacon Book of Quotations by Women*. Boston: Beacon Press, 1992.

Metcalf, Fred. *The Penguin Dictionary of Modern Humorous Quotation*. London: Penguin Books, 1987.

Moyers, Bill D. *World of Ideas: Conversations with Thoughtful Men and Women*. New York: Doubleday, 1989.

Panati, Charles. *Extraordinary Origins of Everyday Things*. New York: Harper and Row, 1987.

Peter, Laurence J. *Peter's Quotations: Ideas for Our Times*. Toronto: Bantam Books, 1980.

Platt, Suzy. *Respectfully Quoted: A Dictionary of Quotations Requested from the Congressional Research*. Washington, D.C.: Library of Congress, 1989.

Rheingold, Howard, and Levine, Howard. *Talking Tech: A Conversational Guide to Science and Technology*. New York: Quill, 1983.

Robertson, Patrick. *The Book of Firsts*. New York: Bramhall House, 1982.

Safir, Leonard and Safire, William. Good Advice. New York: NY Times Books, 1982.

Safir, William, and Safire, Leonard. *Leadership*. New York: Simon and Schuster, 1990.

Telushkin, Joseph. *Uncommon Sense*: *The World's Fullest Compendium of Wisdom*. New York: Shapolsky, 1986.

Tomlinson, Gerald. *Speaker's Treasury of Sports Anecdotes, Stories and Humor*. New York: Prentice Hall, 1990.

Tripp, Rhonda Thomas. *The International Thesaurus of Quotations*. New York: Thomas Y. Crowell, 1970.

Wentworth, Harold and Flexner, Stuart Berg. *Dictionary of American Slang*. New York: Thomas Y. Crowell, 1975.

Winokur, Jon. *The Portable Curmudgeon*. New York: New American Library, 1987.

第六章

大不相同

儀式場合中的演說

儀式場合中的演說為什麼不同

儀式場合中的演說乃是伴隨著各種重要的現實事件的談話；有時候，它們會使這些事件成為事實。當一位法官「宣佈」兩個人成為夫妻時，他們從此就是夫妻了。而在這位法官敲下代表法律的木槌，「宣判」某人必須入獄服刑五到十年時，則全國的所有資源都將因此而動員，將這個人繩之以法——並確定他在這段時間內都被關在最適當的監獄中。

有時候，你或許也會被要求發表適當的談話，以便讓某些事情能夠發生。你向一群聽眾介紹另一個人、你為某件事情致詞、你接受某項頒獎……在所有的情況下，當你發表這項談話時，它也敘述出你正在做的是什麼事情。

問題在於：在這些場合下，你不能光是只講一句話，然後就鞠躬下台，你還必須說些其他的事情。但是，該說些什麼呢?本章將要幫助各位回答這個問題。

有趣的挑戰

撰寫儀式場合中的講稿的確是相當棘手的工作，如果我們能瞭解為何會如此的話，那麼我們就已經邁開使它們更為容易處理的第一步——甚至還可能會更為有趣。

首先，儀式講稿的目標是不確定的。沒錯！由代表不同類型之演說特徵的用詞中，我們的確可以得到某些指示：介紹、致詞、授獎等。如果你在演說接近尾聲之際，使用如「很榮幸能介紹……」、「我在此為……致詞」、「我接受……」之類的相關用詞時，聽眾的確能獲得一種極為滿意的結束感——這是一種該場演說之目的已被完成的感覺。但是，我們還是要再回到最初的問題上：除了它表面的目的之外，該篇講稿被假定要完成的究竟是什麼？

另一個問題則是內容。在儀式場合中的演說，究竟該談些什麼？這個問題會與前一個問題有所關聯，因為目的控制了內容。你希望藉由傳達來完成的事情，將會決定你事實上所要談論或撰述的內容。

最後一個問題則是：如何激起並掌握聽眾的興趣？你如何將儀式場合中的演說與聽眾

所關切的事物連結在一起？聽眾為何要在意正在進行的事情？這件事對他們而言又有什麼重要性或意義？

讓人略感欣慰的好消息則是：在撰寫儀式場合中的講稿時，我們有許多不同的方法來發揮自己的創意。現在，就讓我們來檢視幾種主要類型的儀式中的講稿——並看看這些機會是什麼？而它們又會出現在什麼地方？

介紹用講稿[1]

一般性的策略：介紹用講稿的目標

介紹用講稿應該要能完成下列三項目標：

1. 讓聽眾對於演說者的論題有所瞭解。
2. 讓聽眾對於演說者的個性與成就有所熟悉，尤其是那些與他所發表之論題有關的部分。講稿中應以一種充滿趣味的方式來達到這項目標；它可藉由將索然無味的傳記式基本資料（這些倒不見得非以編年史的順序來排列）、恰到好處的個人事件與趣聞軼事，以及和聽眾有關的一些事項（如當前的重大事件、該演說者所屬組織的成就等）加以編排組合。

3. 能創造一種對演說者及論題的期待感。當演說者開始發表談論時，聽眾應該是處於一種摒息以待、凝神傾聽的狀態。

事先進行研究

首先，應針對該演說者及他的個性與成就，來蒐集足夠數量的資訊。你可向各種資料庫、調查服務機構或是該演說者的公司、報社或者公關公司等做一諮詢；你也可以和認識這位演說者的人們聊聊。我的意思並不是要各位進行廣泛的調查，你所需要的題材只是供五到七分鐘的演說之用，而不是撰寫一部自傳。但是在大多數的情況下，你都會去請教那些報社或公關公司的人員（或是能夠提供你撰寫材料的任何人）：「他是怎麼樣的一個人？」而你也將獲得許多個人的特質或趣聞軼事，只不過你真正能夠運用的卻有如鳳毛麟角。

如果演說者是一位企業總裁，那你就該參考美國《商業週刊》所發行的《企業菁英》——這是該雜誌針對所有企業總裁而出版的年度特輯。在這本專刊中，你可以找到與該演說者有關的簡短介紹，而提供你進行更深入研究所需的各項指引。此外，你也可以設法取得該公司的年度報告，並核對這位演說者的股東權狀。這些資料可以告訴你某些與這位演講者有關的更重要之大事及成就。

你也必須設法取得這位演說者的各種專欄報導或個人介紹。這些資料將可讓你超越於一般的標準式傳記材料，並可讓聽眾對於自己即將聆聽他演說的這個人，有一種更豐富而多采多姿的想像。你又如何知道什麼時候才算是蒐集到足夠的資料呢？很簡單，當你發現到不屬於傳記性的事項（例如，演說者的個人特質或是與他有關的特定趣聞軼事）開始在不同的資料來源中重複出現時，那就是該停止蒐集的時刻了。

當你在研究自己所蒐集到的資料時，應該以活潑的方式來閱讀它們。尋找各種特定的個性特徵；各種知性上、政治上或是管理上的長處；以及來自於其他人對這位演說者的正面特質所做的認同描述。當你找到這類資料後，再依據字母（每個字母代表一種你的資料來源）及號碼（每段摘錄以一個號碼來表示）的編排方式，將它們輸入到你的資料中。然後再根據不同的主題，將每一組的字母／號碼記錄於一份主要表單中。舉例來說，如果你在主要表單中寫下：「機智，幽默感A／6，B／2，D／7」，它所代表的則是你找到了三項與這位演說者的幽默感有關的參考資料：在你第一種資料來源中的第六段摘錄，第二種資料來源中的第二段摘錄，以及第四種資料來源中的第七段摘錄。

當你在做這些研究時，不應受到侷限；不要陷入任何先入為主的想法中，認為它們應該要產生何種的描述。你如果能讓研究來塑造這篇講稿，那麼所有的事情都將進行得更快速、更順利。因此，如果你能偶然發現某項有力資料，如一篇專題訪談，其中涵蓋了這位演說者的生活哲學、事業或是他將會談論到任何事情時，那麼你就擁有一個絕佳的機會找到這篇介紹講稿中的焦點所在，就如下例所述：

我認為要瞭解約翰的關鍵，在於能夠真正明白他是根據一種相當特別，而且全然組織化的企業成功哲學來進行運作，這項哲學是他經過多年的觀察與實際應用後，去蕪存菁所得。他是靠著一些看似微不足道的觀念來維持生存，但當你將它們加以結合後，卻成了一種強而有力、符合實用主義的實際管理智慧的菁華。

現在就讓我提供各位幾個實例，它們全都是由已公開發行、針對約翰本人所進行的訪問中摘錄而來：

從小處著手並設定各種短期的目標。偉大的夢想與你之間的距離通常都過於遙遠，而會令你感到沮喪挫折；但是，每一項你所達成的微小目標，都會帶給你無限的信心再去嘗試下一個目標。

嶄新的資訊到來時，你必須願意去改變你的想法。你要讓自己的選擇保持開放狀態。

一位將軍應該要領導整個軍隊。在企業界中，最高層的管理人員則應該被典範所引導。我絕不會要求其他人去解決那些連我自己都無法解決的問題，我只會努力去完成其他人已經鎩羽而歸的那些計畫。

成功需要具備「積極的耐心」；當你在耐心等待的同時，你也必須嘗試所有可能的方法來讓事情發生。（順便一提的是，這句話讓我想起了湯瑪斯．愛迪生曾說過的一句名言：「那些在等待時仍精力充沛地汲汲於工作的人，所有的事情都可能會降臨到他的身上。」）

失敗是一個我不接受的字眼。

如果我的成功有任何祕訣的話，那必定是我們會隨著時代潮流來做改變。或許我們應該從「有所擔當的膽量」這個角度來思考：我們必須要比讀者更早一步地來預期他所想要的究竟是什麼。

最後，我要再提出兩則我個人最喜愛的箴言來與各位分享……我認為這兩段話可以讓這次為約翰所做的簡介劃下完美句點，並讓各位充分瞭解他個人及他的成就。

首先，約翰說過：「當我一旦決定真的要去做某件事情時，我會對我自己進行心理激勵，並讓自己相信我現在就要動手去做。而且事實上我籍由陳述信心來獲得信心。但是，我認為在生活中保持著戰戰兢兢仍是相當重要的。這種戒慎心態表達了你對於自己正在做的事情是相當在意的。」

第二句則是：「人們去度假的目的，就是只做那些他們真正喜歡做的事情。在這種定義下，我無時無刻都是在度假中。」

各位請注意在這篇「企業／生活哲學」的介紹稿中是如何來做安排，以達到稱頌這位演說者，並告訴聽眾這位演說者將要幫助他們瞭解這位他們即將聽其發表演說的人：

我認為要瞭解約翰的關鍵點，便在於能夠真正明白他乃是根據一種相當特別、而且全然組織化的企業成功哲學來進行運作——這項哲學是由他經過多年的觀察與實際應用後，去蕪存精所精鍊而得。

但請切記，千萬不可陷入下列的這種思維中：「這個人的生活哲學必定相當有趣——

我現在就要把它挖掘出來。」你不應該讓這項計畫的成敗關鍵，繫於某些可能根本就無法取得的事物之上。

介紹用講稿的一般性原則

使用策略來處理顯而易見的資料

如果大部分的聽眾對於重要的傳記式細節都已經十分熟悉的話，那你就應該使用「我們大家都知道……」，或是某些類似的陳述來作為開始，然候再提供他們其他訊息：

首先，我們大家都知道約翰是一家營業額高達數十億美元的出版社及化妝品王國的首腦。此外，在座的大部分人或許也知道他是至上人壽保險公司的董事長及總裁……而他也是芝加哥藝術協會與聯合黑人學院基金會的理事……除此之外，他還曾獲頒二十項的名譽博士頭銜，且被列入芝加哥企業名人館的紀錄中，被譽為「有史以來最傑出的黑人出版家」。

注意篇幅長短

你的任務是要介紹這位演說者，而不是發表一篇關於你自己的講稿。你的介紹內容應該要長到足以建立起聽眾的熱誠，這樣就足夠了。它所花的時間應該介於三到五分鐘，最多不可超過七分鐘。

我之所以要提到這點，是因為你必須涉入這位演說者的生活與成就中，而且還得達到某種程度，以便讓你自己能因此而感到興奮，並把這種感覺傳遞給你的聽眾。但是，你也可能會遇到一種狀況：這位演說者的確是一位成就非凡、令你衷心激賞的人——這種情況在我自己身上就曾發生過不只一次，你被這個人的成就深深吸引，以至於你覺得非要一五一十地全都向聽眾說明不可。

有鑑於此，你必須謹慎挑選才行。唯有藉著刪掉那些對聽眾、場合以及演說者均無關緊要的事項，才能夠達到最適當的篇幅——除非是你有什麼不得已的苦衷，非讓自己違背這項原則不可。

必須是全然肯定的

只要你能夠以一種相當誠摯的態度，並以你所做過的訪談或書面資料為基礎，就絕不可能錯失任何一個能對這位演說者給予某種個人恭維的機會。

相反地，你必須確定在你的介紹內容中，不論是以何種方式，都絕不會含有任何有損名譽的、故意屈辱的，或是有所貶抑的言詞出現。與這位演說者的健康、才幹或是道德有關的問題，即使只是道聽途說，或是有趣好笑的軼事最好都不要提及。同樣的原則也適用於人生歷程中的各種挫折，例如，曾在學生時代因成績不佳而被退學等。至於各種幽默的趣聞倒是無傷大雅，只要它們為這位演說者帶來的是一種正面的效應。

試著營造出懸疑的氣氛

在開頭時不必過於拘謹，不妨帶些趣味性並營造某種懸疑的氣氛。找出某些有關於這位演說者的趣事（在以下所舉的例子中，乃係他是總統在選擇內閣人員時的第一人選這項事實），再將這些趣事概括於日常生活中，並以此來作為開始，讓聽眾對於你將談論的事情感到好奇；接著再以某種活潑的方式，針對你的演說者以及他將發表的論題來做一結束。

就如下例中所示：

有一種相當有趣的慣例，與非正式的團隊運動有關。各位在體操課中、公園內以及任何一處男女學童們聚集在一起進行籃球、棒球或是其他比賽的場合裡，都可以見到這種現象。它被稱之為「挑選好手」，而我們每個人都不得不服從這項慣例。你站在原地，心裡很清楚自己被挑選到的先後順序，那正是隊長認為你有多優秀的一種直接反映。我們今天所邀請到的演說者，便是總統在挑選他的內閣成員時的第一人選，至於隊長對這個人的看法究竟如何，我相信在接下來的演說中各位將會清楚地瞭解，讓我們一起來歡迎……。

撰寫開場白

以下所述，則是各位在撰寫你的介紹講稿之開場白時，可以運用的方法與策略。

運用某個引述句

找出一句與你的演說者有關的精闢名言，並將它用來作為你的介紹講稿中大部分或全部內容的一項跳板。如下例所示：

就在一年零十一天之前，我們邀請的這位演說者成了通用食品的總裁——以僅僅三十歲的年紀，成為該公司有史以來最年輕的總裁。《芝加哥論壇報》稱他為「在該公司最高層職務之所有主管中，最多才多藝與足智多謀的一位」。

而稍待一會兒，各位便能很快明白該報為什麼會做出這樣的結論了。

由一般的進入特定的

以該演說者的組織、動機或是論題來作為開始；讓聽眾知道它究竟是什麼，以及它為何很重要。然後，再由這個方向切入到針對這位演說者而發的某種討論：

今晚要向各位發表演說的這個人，不久前才剛成為自然保護組織的首席；這是一個私人的、非營利性的國際組織，它的環境策略發揮了極佳的成效。這項策略乃是以一種簡單的、理性的前提來作為基礎：若想要真正地控制發生在土地上的事情，你就必須控制土地本身。因此，自然保護組織並未投入大筆的金錢在對簿公堂或遊說之上——它花下了許多的費用來購買土地。它的使命乃是要讓生態系統與所有陷入險境之物種都能夠獲得保護。它自一九五一年成立以來，已經捍衛超過五百萬英畝的土地，這些土地分別位於美國的五十州、加拿大、拉丁美洲，以及加勒比海地區。在它獨特的環境策略之下，該保護組織目前已擁有並管理著全球規模最大的私有自然保育體系。

然後，再由這個方向切入到針對這位演說者而發的某種討論：

就在今年稍早時，我們的演說者成為這個引人注目之組織的董事長與總裁。之前曾多次進出於學術界與政府機構，然後又進入私人顧問的領域。不論他走到哪裡，這位穩重、熱情而又多才多藝的人，總是展現出讓人刮目相看的成果。

在採用這種由一般的進入特定的方式時，還有另一項極為重要的原則，那就是確認出某些與這位演說者有關而且值得矚目的事情；然後再藉著由一般的進入特定的這種方式，切入這項主題中。在這種狀況下，你把這些值得矚目的事情描繪成我們在日常生活中將遭遇到的某種實例，這便是「一般的」部分；然後再藉由說明它與演說者之間的關聯性，而使其成為「特定的」。舉例來說：

我們美國人都是個人成就的主要聯合者與主要讚賞者，正因為如此，所以我們才會有這麼多的社團俱樂部。我們有針對如海灘男孩與貓王艾維斯等真實人物而組成的歌迷俱樂部……以及針對例如詹姆士．龐德（〇〇七情報員）等虛構人物而組成的影迷俱樂部。我們還有各種針對運動球隊、連續劇甚至於星際大戰而組成的俱樂部。

但是，有多少政治人物擁有由讚賞者及同儕所組成的、屬於自己的組織化成員呢？我們今天的這位演說者就做到了：那是由一群在印地安那州的傑出年輕政壇人士所組成的團體，他們每個人都擁有兩項共同的特點——在他們的職業生涯中，都曾經為理查．路吉做過事，而且他們對於這位前任良師與主管的各項能力，仍然是讚不絕口。他們舉辦了一項每年一次的「伙計集會」，參加人數高達兩百五十人。他們之中有人這麼說到：「只要你曾經為路吉工作過，你必定會有那種有如進入知識寶庫般受益良多的感覺。」

對我而言，這句話便是對理查．路吉本人的最佳詮釋。

生日與家世

查對《追逐年度重大事件》（參見前章附錄部分）一書，找出有誰的生日是和你的演說者同一天。你或許會發現這位演說者與他的「兄弟」之間，存在著某些的共通點。

當我在介紹某人時，通常都不會以他的生日來作為起頭；但是，目前的這個情況則有些不同，這中間存在著某種相當有趣的巧合……法朗克．瓊斯出生於二月六日——與雷根總統同一天。而且他對於自由市場之力量，以及私部門解決問題之有效性的信念，也和雷根總統相同。

或者，你也可以針對他們之間可能存在的一些共同之處，加以思考推測：

現在，我並不打算對生日這件事情大做文章，但是，我還是要強調就在二月六日這一天，也誕生過某些在美國歷史上赫赫有名的傑出人士：阿藍布爾，貝比露斯，以及莎莎葛柏。我們今天邀請到的這位客人，或許具有和布爾相同的爭議性……和露斯一般地英武神勇……以及和葛柏同樣的迷人魅力。我想我何不馬上讓他與各位見面，那麼你們就能夠親眼目睹了，不是嗎？

協會的話題

如果你的演說者是屬於某項計畫或某個協會的成員時，也可以使用與該協會之主題有關的某些短評來作為開始，然後再把這位演說者的評論與其結合在一起。

最終的影響

檢視這位演說者的所屬機構、動機、關切重點，以及最終影響之間的關聯性。如果這種關係是不尋常的、曖昧不明的，或是間接的，那你就可將組織、動機、關切點與最終影響，以一種謎語的形式來做組合。承認它的曖昧之處，然後再說明實際關聯性：

在正式介紹我們今天所邀請的演說者之前，請容我先向各位提出一個問題：美國國會圖書館與美國的全球市場競爭力，究竟存在著何種關聯？

如果我是在十或十五年前向各位提出這個問題的話，你們或許會感到有些困惑。在從前，一個國家的中央圖書館與該國經濟表現的關聯，或許會顯得過於曖昧難解，而使我的這個問題也有如某種深不可測的謎語一般。

但現在則完全不同了，這種現象已不復存在於一九九〇年。我們目前所置身的世界已變得日益複雜，它與過去每一年之間的相互倚賴性也日漸提高，而生產力及改革創新也很快地成為一個國家強弱與否的品質證明。在我剛才所描述的這麼一個世界中，我們人民所具備的智能已然成為我們國家未來前途的關鍵所在，而且具有前所未見的重要性。

如果這種關聯性只不過是等於對前人智慧的一種重新發現的話，那樣更好。你可以使用它，並以某句適當的引言來支持你的主張：

我們現在正要重新去發現湯瑪仕．傑佛遜——他是美國國會圖書館的創始人，在大約一百八十年前他寫道：「如果一個國家期望在文化上不學無術而又不受約束時，它所期待的便是從來不曾發生以及日後也不可能會發生的事情。」各位覺得這句話的真實性有多高？

我們今天所邀請到的這位演說者，便是一位認為傑佛遜的觀念在一個電子化資訊的時代中，佔有一種全新及迫切關聯性的熱誠信仰者。

業務上的關聯

將這位演說者的企業與你的組織或公司連結在一起。

「他的看法的確精闢！」

尋找各種案例來佐證這位演說者的哲學、立場或是政策是正確無誤，甚或是未卜先知的。

舉例來說，在西元一八六〇年時，共和黨的總統候選人亞伯拉罕就曾說過：「南方的人民擁有太多的常識及良好的氣質來使整個聯邦分崩離析。」很抱歉，親愛的亞伯先生，關於這一點，我真的希望你是對的。但是由事實的演變來看，你的看法並不正確；而且由PBS最近所製作的電視連續劇「美國內戰」中的情節告訴了我們，整個結果簡直是可怕到遠超乎我們的想像……。

我之所以要提出這件往事的原因，在於我們又再度面臨到戰爭的可能性，而且就在某些所謂的專家們宣稱「歷史的結束」之後的幾個月：他們認為，從現在起，相互對抗的意識形態將不再具有把人們送上戰場的力量；它將只是讓我們對於所擁有的經濟與政治制度做出細微的調整改變罷了。

我希望這些專家說得沒錯。然而，我們今晚邀請到的這位演說者，從過去到現在一直都是這方面的一位實在論者。曾有一段時間，他主張應該要有強盛的國防力量，而不能沉醉於冷戰結束所帶來的安逸感上。這是一位相當孤寂的獨行者，他稱國會的議員為一群天真的樂觀主義者，是一群「在大地尚未春回的一月裡，見到陽光第一次露臉時就決定把自己的外套束之高閣」的人。我在想，他對於我們許多人直到最近才有所警覺的某件事，從頭到尾都相當清楚並確定：外面的世界仍舊是一個相當詭譎多變、危機四伏的世界……那是一個對美國而言，保持備戰狀態或許仍是我們不得不列入選擇之一的世界——雖然它並不是我們最想要的一種選擇。

演說者與介紹者的關係

如果你與這位演說者之間有任何共通的正面特質（例如，嗜好、事業方面的進展或重要大事、休閒旅遊、出生地點、企業或政治上的哲學等），便可用來作為你見到他的理由；並將它擴大，使聽眾也瞭解到你為何如此興奮。

如何組織你的介紹講稿

以下有兩種方式可用來組織你的介紹內容。

列舉正面的事項

試著讓這位演說者的每種正面特質或優點，成為一個段落中的主要陳述句。然後，再利用某些足以對該主要陳述句提供佐證的個人傳記或趣聞軼事之類的資料，來作為這個段落中的其他構成部分。

特質：羅斯乃是一位發揚美國各項優良傳統的成功企業家。

例證：從他在德州騎著馬到處派送報紙的低微出身開始……到他在美國海軍學院就讀時擔任班上的班代表……到他在IBM任職時於業務上的出色表現……以至於成立了他自己的公司EDS。

特質：羅斯也是一位業界的領導者。

例證：他所成立的這家公司，以其積極而又帶有「天下無難事」的這種企業文化，充分反映出他個人在企業上的活力。他對員工們的忠實及員工們對他的忠誠，已被各界傳為美談。EDS是一家將其創立者之熊熊烈火般的精神加以具體化並持續發揚光大的組織。這是一家其他所有公司都應馬首是瞻並學習其長處的組織。

羅斯將他這種活力充沛的種籽，深植於美國這片充滿機會的沃土中。

特質：而且他也從不吝於和所有人共同分享他的成功果實。

例證：他的慷慨大方，表現在數千萬美元的實際行動上。他投入大筆資金購入各種實際可見的項目，例如，一座全新的公園或一間音樂廳……而且對於他所堅信的各項主張，更是不遺餘力地支持。我們大家對於他在一九七九年時、拯救兩位在伊朗身陷囹圄之員工的大膽計畫……以及他代表美國POWs與MIAs挺身而出、基於人道主義所做的各項努力，還有我們最近所知道的發生於中東的人質事件等，應該都耳熟能詳才是。

特質：羅斯是一位站在美國企業界與產業界這條陣線上的鬥士。

例證：他所說所做的每一件事情，都是以讓我們的國家能成為一個不容輕視的競爭者為目標。正因為如此，我自認是他的忠實盟友。對於應該如何來完成每件事情，羅斯和我在意見上或許無法完全一致；但是，我們對於必須去完成的事，在看法上卻是不謀而合的。

特質：最後要提的是，羅斯是一位出眾不凡的人。

例證：當你整理他的所有冒險事蹟與驃悍功勳，以及各種與他有關的傳說軼聞時，你將會發現：在他的內心深處，是一位單純、慷慨，而又對某些原則相當執著堅持的人……在確認哪種目標才值得全力追求這方面，他擁有相當罕見的能力；而且他會以一種不屈不撓的頑固態度，全力去追求這項目標——就如同鬥犬般。就這方面而言，羅斯與溫士頓．邱吉爾有著極為顯著的相似性；就在去年二月，羅斯也被人們譽為當代的溫士頓．邱吉爾。這是對於那些擁有傑出成就者的一項美譽，只有那些能以實際表現證明自己具備「邱吉爾所獨具的想像力、勇敢以及活力之特質」的人才得以獲此殊榮。

當這些特質的重要性越高時，你在陳述它時所花費的時間也應該越多。

當你在列舉這些正面特質時，要確定能將這位演說者的經驗與他的論題連結在一起，如此才能增加這位演說者的可信性（在以下這個例子中，這項特質乃是跟隨在相關例證之後）：

例證：我們今天邀請到的這位演說者，目前任職於許多理事會及委員會，包括：企業圓桌武士、會議理事會、布列敦森林委員會及國際貿易政策委員會等。此外，他也任職於由總統所指定的貿易協商諮詢委員會。

特質：很明顯地，他在貿易政策方面的看法——這也是他今天要與我們所共享的主題，乃是由無數第一手的經驗所累積而來。

先是傳記，然後談到人格個性

當你在以這種方式來組織介紹內容時，首先要將強調重點置於這位演說者的生平事蹟與職業生涯上；然後再以人格個性方面來對他做一討論。在這兩者之間，應以一種尖銳而明確的轉換方式為之。例如，「我已經針對這位演說者的生平談了許多。現在，關於他究竟是個什麼樣的人，我還能再告訴大家些什麼呢？」將人格個性的部分放在最後，就彷彿是在說：「這方面才是真正重要的部分。」

彙總與營造高潮

結尾才是關鍵所在，它必須要能營造高潮。理想上來說，它應該要能夠誘發聽眾對某種時刻產生引頸期盼的感覺，那就是：他們迫不及待地在等著你所介紹的演說者出現。它應該要能對這位演說者的各項優點、美德以及成就做一彙總。舉例來說：

從以上所說的內容中，我們可以獲得一項結論，那就是：法朗克・瓊斯代表著一種由思想家、實行家以及領導者所結合的組合體，而這是我們所幾乎不曾見過的。由於這種組合，再加上他對能源與環境方面的專業知識及經驗，使他實際上讓自己得以成為一座豐富的自然資源寶藏！我相信各位必定和我一樣，衷心期望他在這項新工作上能夠有所成就，而且也熱烈歡迎著他今晚的蒞臨。

各位女士、各位先生……現在就讓我們以熱烈掌聲來歡迎自然保護組織的董事長兼執行總裁……法朗克・瓊斯博士！

或許你也可以去找出某些能夠以簡潔有力的方式，來顯示出這些優點與成就是何等重要的名言引句。如果你擁有一個以上的這類引用句時，請將最顯著有力的那句話留待結尾時再使用。下例中使用了兩個引用句，一句是用於導入，另一句則是用來營造聲勢不凡的結尾。（記住：要營造高潮）

有句古老的諺語，它是這麼說的：「如果你想要真正地認識一個人，那就讓他握有權力。」

沒錯，當大衛由最基層一步步地往上晉升時，我們就已經看出真正的他是一個什麼樣的人了。他是一位出色的企業經理人，而且也是一位熱情洋溢、充滿自信的領導者；他對一個高度競爭、全球化的產業之原動力有深刻的瞭解——並且知道如何在這種環境中獲得成功。就如《商業週刊》所言，他是一位「生逢其時、又能掌握時代脈動的人！」

高潮

在最後那句話的結尾，再把這位演說者的全名及頭銜透露出來；如果適當的話，還可另外加上個人的旁白。如下例所示：

讓我們一起來熱烈歡迎……通用食品公司的董事長兼執行總裁……他也是令我深以為傲的同事及好友……蓋伯力！

在你最後的這句話中，應該包含一種明確的「喝采讚賞」之表示。例如，「讓我們一起來熱烈歡迎……」或是「很榮幸能夠邀請到……」。至於其他的各種替代說法，各位不妨聽聽演藝主持人在介紹其他人時所使用方法。這些都是你的聽眾期待能聽到的各種客套說法。

致詞[2]

這個項目中包括了對新建築物、紀念碑與其他設施之落成的致詞以及在各種破土、剪綵與揭幕場合中的演說；而針對各種週年日、紀念節慶，以及其他具有劃時代意義之儀式中（例如在某條生產組合線上所完成的第一百萬件產品）所發表的演說，當然也涵蓋在內。

此類講稿有兩項一般性的原則：

1. 讓聽眾知道這場演說之目的。你應該要很明確的讓大家知道，他們在慶祝或紀念什麼。
2. 最後，藉由針對某件事或某個人發表致詞，來結束這項致詞的活動（如果可能的話，應以三件事或三個人為原則；運用這種三個對象的原則，聽起來的效果通常都會比較好，而且所帶來的衝擊也會比較高）。

就在今天，一九八七年八月二十一日，我們謹以這座紀念碑獻給派卡得……感謝他的卓越眼光，「以一種近乎於完美的方式建立了這部車輛」……以及數百萬表現傑出的派卡得——而更重要的則是那些與派卡得同樣盡心盡力的的後世——由於所有的這些人，才使這項遠見得以成為事實。

除了上述這兩項一般原則外，我無法再提供其他的任何定則給各位；因為會出現致詞的場合或事項實在是太多了，而需要致詞的原因更是不勝枚舉。但是，這種狀況的多樣性也正意味著各位可以善用任何一種方式的變化來達到你所要的效果。

以概括性的籠統用語來談論該場合

你應該如何把這項特定的事件與那些歡迎、致詞或慶祝各種週年紀念的一般性概念連結在一起呢？

我們為何要對各種週年紀念日如此慎重其事呢？就在上個月，《華爾街日報》針對這項主題發表了一篇文章。根據該報引述某位教授的說法，他對劃時代的里程碑有著以下的陳述：「它在提供我們和以往事件的某種連結時，也同時帶給我們一個再次體驗的機會。它使我們得以和其他人以及我們的後代子孫共同分享我們的文化傳統。」

於我們今天所要慶祝的這個日子，我實在想不出更好的解釋。因為如此，我希望能夠做到的是：我很樂意與各位「再次體驗」我們公司的某些傳統……並和大家談談這些傳統與我們公司過去的傑出成就，以及我們對未來的展望，存在著何種的關聯性。

寬廣的視野

你應該採取一種更為寬廣的視野。向聽眾說明你所致詞的這個事件，會如何與某些更大型的計畫相互契合，或是使其得以實現。

我們在處理各種企業事務時，會造成爭議的事項可說是不勝枚舉，但是會比食品安全更讓人在意的，就不多見了。正因為如此：每當一位顧客在品嚐我們的產品時，也代表著他對我們的產品深具信心。這種信心、這項信任，雖然在本質上是難以觸知的，卻毫無疑問地是使我們的企業得以成功的基礎之一；因此，我們必須竭盡所能來滿足它，並使其更為強化。

我們今天的致詞對象——新啓用的溫室，便可以幫助我們達到上述的目標。對於在此處所進行的研究，牛皮紙通用食品公司一直是不遺餘力的支持者；而且大地企業在生產温室食品的這個領域中，已經擁有一套相當完備並可說是最佳的病蟲害管理計畫。在這座新設施中所進行的研究，最後將可讓我們學到更多與如何達到食品安全有關的知識。它可以幫助我們針對各種可能對食品供應造成威脅的病蟲害，佈署出一套更為廣泛的防制辦法。3

使用象徵性的說法

你所致詞的事情究竟代表著什麼？它更廣泛的的意義又是什麼呢？

這就是我為何會對於為此項設施所做的致詞感到興奮不已的原因。它代表著傳統製造技術與現代化工程科技的一種融合……改革創新的精神已開始深入我們的組織……以及我們所獲致的以及在未來將達到的進展中。

全新的設施，相同的人員

如果你所致詞的這項新設施，其人員配置乃是由現有的員工中挑選出來時，你應該想辦法讓他們知道，這對他們來說是個無比榮耀的日子。

在可做到的情況下，對他們在舊有設施中的各項成就，或是在新設施中已獲致的成就加以讚揚。你可和他們談談已經改變或是尚未改變的各種狀況。

這是一種相當有效的作法，因為它可以讓你展現出對聽眾們知之甚詳的感覺，並因而使你與聽眾結合在一起；但是當你在這麼做的時候必須相當謹慎。你必須要能確實掌握在場聽眾的特色才行。

授獎典禮

一般性的策略：謙遜為上

你正在接受褒揚——但或許，這項頒獎就其讚揚的內容來說，可能已經有些名過其實了，所以你更要表現得虛懷若谷。我建議各位可以採用下列兩種方式：

1. 以謙遜或幽默的方式來引用某人曾說過的名言。「就在這個時刻，讓我想起了寇達曾說過的一句箴言：『你不必如此謙卑，』她說『因為你又不是最偉大的。』」

2. 找出另一個人來與你共享這份榮耀。你應該找誰呢？很簡單，只要試問自己，當你在讓這整件事情得以運轉及獲致實現的過程中——不論是藉由你的即刻貢獻、你在組織上或管理上的工作，或是在你的監督之下——有誰真正地發揮了小兵立大功的效果呢？或者是與幫助你贏得此獎項的所有人共享這項榮耀；在如奧斯卡金像獎、艾美獎、葛萊美獎等頒獎場合中，這是一項常見的策略。

這個論題的另一種變化狀況則是你代表某人授獎：

非常感謝各位授與這獎項。我在此謹以愉快及感激的心情接受它……這不僅是我個人的感受，同時也是我所屬公司中所有實際領導者，以及整個美國企業與產業界的共同心聲——這獎項代表著他們在維持企業界良知，以及提升人性尊嚴與社會正義上所做的一切努力，都已獲得大眾的認同。

授獎演說的內容：各種特定的策略

根據場合的不同，你可以使用下列策略之其中一種或多種：

談論其由來

如果該獎項所代表的是由於某種原因才獲致的傑出成果或進展時，便可就這方面提出敘述。

琴，感謝你剛才的讚美；我對這項稱讚深感榮幸。但是，還有許多其他沒沒無聞的幕後人士，我們在今晚也應該向他們致上敬意與感謝。因此，我謹代表通用食品公司數千名的員工在此接受這項榮譽，並致上內心的謝意，正由於他們秉持著個人良心，以及藉由他們的即時支持，與他們每天在家庭中、在工作崗位上的傑出表現，才使得這種如兄弟姐妹般相互信任的感情，得以在西查司特郡內的不同人種之間成為一項事實。

我現在就要針對整個由來的過程，向各位做一說明。我們是如何做到的？我們日後又打算再朝向哪方面邁進呢？

說明該重要事件：讚揚其價值

針對該獎項所代表的那項重要事件做一說明：對於這件事情，我們真正在做的究竟是什麼？當你在對這點進行說明時，你也可以同時對這個獎項本身所代表的意義做一闡釋；也就是說，讓聽眾對於這件事情的重要性與價值，能夠有些概念。

我們今天在這裡所要做的，絕非只是一項單純的授獎儀式而已，但它所帶給我們的喜悅卻與授獎不分軒輊……它也不只是一項資金募集的活動而已，但它的重要性卻足以影響到童子軍活動的未來發展。在挑選傑出童子軍時，我們所要傳達的一項訊息乃是：「這是一種我們所希望能夠擁有的團體」，一種能夠尊重個人成就，並且對於和童子軍本身有關之價值深感為傲的團體。

這是另一種可讓你表現出謙遜的方法：強調出超越在你之上的那項真正議題——而你自己則是屬於這個範圍更廣之領域中的成員。

如果可能的話，你可將這些價值與目前的重大事件，或是與某些能證明它們可發揮效用（或毫無成效）的新聞報導做一結合，以證明它們之間所存在的基本關聯。

歷史上的前例

在以往是否曾有其他人也出現過你和聽眾現在的這種感覺、想法以及觀念？

如果有任何事情能將我們彼此緊密地連結在一起的話，那必定是我們都對威斯康辛的前景大為看好。但是，我們目前只不過是在延續一項長久以來就存在的樂觀傳統罷了；這是一項甚至在威斯康辛建州之前就已經開始存在的傳統。本州的第一任州長在他提供給地方立法機關的一封信件中就曾說過：

沒有任何的其他地區會像本地一般，擁有著如此富有冒險進取、充滿才幹以及勤奮努力之特質的人民。在這樣的人口結構下，威斯康辛認為它的確有資格成為聯邦政府的一州，而且也將使它成為極具重要性與備受尊崇的一州。

他說的的確沒錯！就在今天，當我們在展望即將到來的二十一世紀時，我們對於湯瑪仕在一百七十五前所說的這段話，同樣充滿了樂觀的預期。

授獎演說的結束

祈求上帝賜福，這種籲請上帝賜福大家的作法是可以接受的，特別是在與人道主義論以及慈善行為有關的授獎場合上（當然，它必須與你個人的宗教信仰相吻合）。

再次感謝各位所頒給我的這項榮譽及祝福……願上帝保佑大家。

向在場的所有人再次致上謝意，並以某種肯定的感情來接受這項授獎。期望通常都是可被接受的：對於接受頒獎的組織以及它日後的方向，你應該做出何種的期望呢？

我在此謹向大家再次致上誠摯的謝意，感謝各位授與我這個獎項。在接受這項榮譽的同時，我也期望這種如兄弟姐妹般的手足之情，終有一天能夠成為極自然的現象，而不需要再做任何的宣傳……終有一天，這項「人道主義獎」能成為一種完全多餘的獎項，因為它早已深入我們的社會、深入每個人的心中。

撰寫儀式場合講稿的黃金定律

由我的建議中各位應已毫無疑問地注意到，在所有能夠發揮效果的儀式場合講稿裡，都存在著一種共同的特性：它們都對該項重要事件加以說明。沒錯，這的確是一項事實，你在台上介紹、致詞或是授獎。但是，原因何在呢？

在傳統的結婚儀式中，使用「我們今天聚集在這裡的目的，是為了祝福這對佳偶能夠在這場神聖的婚禮中結為連理」來作為開始：它明確地將重點陳述出來。

同樣地，你為儀式場合所撰寫的講稿中，也必須明確地讓你以及你的聽眾知道你們為何會聚集在一起。它應該要能告訴聽眾：在這個群聚一堂的場合中，何種想法與感覺才是適當的。它也應該要讓聽眾對於這項儀式所具有的更廣泛意義能夠有所瞭解。它應該要能說明及闡釋這項事件。如果你能做到這些，那你所撰寫的儀式場合講稿必定會顯得與眾不同；它們將會充滿實際的意義，而非只是空洞的華麗詞藻。你的聽眾的生命也將為之改觀：因為他們有幸能夠聆聽到你所撰寫的，這篇具有不可思議之影響力的演說稿。

注　釋——

1. The information in this section will also work for tributes and testimonials. Just omit the information related to the speaker's topic.
2. The information in this section can also be used for welcoming remarks.
3. Dedication of Integrated Pest Management Greenbouse, EPCOT Center by Thomas D.

Ricke, Senior Vice President, Corporate Affairs, Kraft General Foods, Orlando, FL, Mar. 3, 1992.

第七章

構思

增強你的可聽性

什麼因素可讓一場演說「值得一聽」？

我們每個人都喜歡聽那些與自己的經驗有所關聯、能帶給我們新的觀念或資訊、能夠激發我們心中的感情、或是能夠改變我們對世界之看法的演說。但是，除了這些大家想要聽的內容之外，你在撰寫演講稿時也可以讓你的聽眾發現到它的內容淺顯易懂。你可以藉由掌握每個可改善其明瞭性、閉鎖效果、一貫性及抑揚頓挫的機會，來達到這項目標。

構思句子的明瞭性

如果每個句子都經過審慎安排，而讓它只存在單獨一種極易識別的意義時，那麼這篇講稿自然就會具備明瞭性。在這種情況下，當聽眾聽到某句話的開頭，並以其思維來繼續處理這句話的其餘部分，以便對這個句子的整體意義有所瞭解時，就不至於有任何事情會使他們感到困惑或是造成誤導。

當你在撰寫一篇講稿時，由於所使用的句數可以是無限的，因此除了下列這項原則外，我實在無法告訴各位其他能把所有可能性都涵蓋在內的方法；試著站在聽眾的立場來做思考。

如果你覺得與自己所寫的講稿之間失去了某種直接的牽聯性，如果你能夠感受到聽眾那種不為所動、興味索然的冷漠神情——因為他們對於你正試圖表達的內容知之甚少或毫無所知時，那你就已經正在朝向達到明瞭性的路上邁進。

因此，你應該讓自己與你的講稿之間保持著某種距離。當你將自己擬好的草稿放在抽屜內（或是儲存在磁片中）一天或一星期，然後再以一種全新的思維——也就是說去刻意忘掉這篇草稿是由誰完成的，並且將你所深信不疑的某些內在邏輯、背景或是細節等置之腦後，因為這些東西對聽眾來說很可能是完全陌生的——來重新對它進行檢視時，這種作法的確會讓你產生某種想法上的超然性。

構思句子的明瞭性，乃是指重新瀏覽你所寫的草稿——假裝這是由另外某個人所寫的，並以一種冷酷無情的態度來檢視每個句子，以使其涵義能達到不造成誤解及透徹明瞭的目標。

當你這麼做的時候，可運用下列七項策略：

明瞭性策略1——在所有的代名詞及其所代表的用詞或片語之間建立一種明確的關聯性

諸如「他」、「她」、「它」及「他們」之類的代名詞，就像是張空白的底牌一樣，根本讓人無法捉摸，因為它們可代表著各種不同的涵義；這完全決定於位在同一句中某處的某些其他文字。但是，這些文字究竟位在哪裡呢？關於這點，有下列兩種可能性：

1. 位置最接近的可能文字。例如，「美國人將這種僵持狀態歸咎於俄國人；而他們則將其歸咎於美國人。」（此句中的他們乃是指「俄國人」，而不是「美國人」）
2. 在該句中具有同樣定位的文字。例如，「各種不同的分散投資為該公司省下不少的費用，並為它賺取超過兩億五千萬的現金盈餘。」（此句中的它乃是只這家公司，而非這筆費用）

你在這個時候的任務，乃是要確定每張空白底牌的涵義都相當清晰明確。你必須確定自己所寫的每個句子，都無法讓聽眾運用雙面的解釋策略來闡釋這張空白底牌所代表的意義。

以下這個例子，便由於它在結構上傳遞出兩種不同底牌意義的訊號，而使得整句的涵義變得曖昧不明。

我們對於自己在提升品質上的進展感到相當自豪，而且我們認為它乃是促使我們成功的主要準則之一。

何者是促使他們成功的主要準則？是進展還是品質？如果聽眾以「最接近的文字」來思考的話，它所代表的應是「品質」；但是，當聽眾以「具有同樣定位的文字」來思考的話，則它所指的又是「進展」。

為了彌補這種曖昧不明，你應把代名詞去掉，改為使用能夠顯示出你真正想要表達之意義的文字：

我們對於自己在提升品質上的進展感到相當自豪，而且我們認為這項品質（或者這種進展）乃是促使我們成功的主要準則之一。

明瞭性策略2——避免因使用不具實質意義、非人稱的「它」，而造成曖昧不明的狀況

在許多的情況下，「它」並不能算是一張（可代表各種不同涵義的）空白底牌；只不

過是一種不具實質意義的虛詞罷了，例如：

它該是吃午餐的時間了。

它很明顯的說明出我們的確需要召開一項會議。

當這個不具實質意義的「它」出現在句子的後半段時，就有可能會產生各種明瞭性的問題；因此，你應該提供聽眾某些暗示，使他們可以和先前內容中的某些事項聯想在一起：

要進行改組的確是很不容易，但是，對於我們必須向前邁進這件事，它已被認定是一種適當的作法。

當聽眾發現到「它」所代表的並非「進行改組」這件事，而且認為適當作法所指的乃是「向前邁進」而非「進行改組」之前，他們或許對於整句話的真正涵義還會有些困惑。

為了要改善其明瞭性，你可以藉由告訴聽眾這種認定是由誰做出來的，而使整個句子更顯明朗：

要進行改組的確是很不容易，但是，對於我們必須向前邁進這件事，我們（或者管理階層）認為它乃是一種適當的作法。

明瞭性策略3——在「這」及它所代表的用詞或片語之間，建立一種明確的關聯性

「這」乃是一種指示用詞，它通常被使用於一個句子的開頭，作為指示前述的整個句子之用。這種用法在對話式的演講中可說是相當普遍——事實上，那些欠缺經驗的講稿撰寫人常會過度使用這種表達方式，將許多句子以「這」來作為連接，而讓聽眾必須自己去思考其間的關聯性。

在下列的例子中，「這」所代表的（但卻有些曖昧不明）乃是前面那個句子的想法。

那些必須注視電腦或必須長時間盯著螢幕的任何工作，都可能會造成操作人員的眨眼頻率下降。這將會減低眼睛的潤滑性，尤其是對隱形眼鏡的配戴者而言，將會特別感到不舒服。

是什麼原因會減低眼睛的潤滑性？難道是眨眼的頻率嗎？很好，就在你搔頭抓耳地經過一番思索之後，我們總算理出一個頭緒（以這段話的前後文關係為基礎——也就是說，

根據我們對整個狀況的相關瞭解）；最有可能的答案應該是操作人員眨眼頻率下降的這項事實。

當你要以編校來達到明瞭性時，應該對你使用在一個句子開頭的每個「這」進行檢視。如果它所代表的是前面那個句子的想法時，就必須確定這項關聯性不可能使人產生任何誤解。如果不是的話，那你就可以使用下列三種修正方式之一：

在各種「因果關係」的句子中，使用「因此」

……都可能會造成操作人員的眨眼頻率下降，「因此」減低了……。

……都可能會造成操作人員的眨眼頻率下降；這些操作者「因此」減低了……。

於「這」之後加入某個詞語，以便讓聽眾能夠清楚地瞭解「這」所指究竟為何

這種「眨眼頻率下降的現象」，減低了眼睛的潤滑性……。

這種「過程」減低了……。

使用用某種能夠掌握住兩個句子間之關係的連接詞句或語法來取代「這」這種修正方式或許需要對該句的其餘部分做出重大的修正（請注意字體加粗的部分）。

「因為如此」，**眼睛的潤滑性也隨之減低**，而且隱形眼鏡的配戴者可能會感到不舒服。

明瞭性策略4——確定你所使用的「短句」與它所歸屬的主要句子之間具有相同的看法或觀點

所謂的「短句」，乃是指一種被附加在某個完整的句子（或是「主要的」）中並經過刪減（通常都會把執行這項動作的人或事加以刪除）。在這種短句中所無法見到的構成要素，通常都是一種暗示性的你、我、某人等。對於這些在短句中所無法見到的構成要素，聽眾必須透過主要句子所提供的訊息來做判斷；因此，當短句與主要句子之間存在著不同的看法或觀點時，就會衍生出明瞭性的問題。

在下列的例子中，短句與主要句子之間便存在著不同的看法或觀點。

藉由遵循這些簡單的程序，自動櫃員機的使用將會是非常迅速及容易的。

短句通常都是在逗點之前的所有文字；而其餘的部分便是主要句子。這句陳述中的問題便是：是誰在遵循這些程序?你的聽眾必須等到你提出主要句子之後，才有辦法獲得一些線索。他們聽到你所說的使用之後，便會開始想到：「在遵循這些程序的是使用嗎?真是這樣嗎?」這時，他們必須回想並重新處理整個句子，才能夠得到正確的理解。

要想避免出現這種混淆，你就必須使用策略4。如果在這個短句中所無法見到的構成要素是一種暗示性的你、我、某人等，就應該讓它出現在主要句子中：

藉由遵循這些簡單的程序，你就可以非常迅速及容易地來使用自動櫃員機。

經過上述的修正後，這個主要句子與短句之間便擁有了相同的看法：是由你在遵循這些程序，而且使用這些機器的人也是你。

如果主要句子與短句之間有著不同的看法或觀點，那你就應該將它們明白地陳述出來：

如果你能夠遵循這些簡單的程序，那麼自動櫃員機的使用將是非常迅速及容易的。

在以下的這個例子中（這是由我曾經收到的一份備忘錄中摘錄出來的），它的短句與主要句子便有著不同的觀點。

在前往副總裁的辦公室之前，我是否可以先看看這份文章？

這個句子中的短句「到副總裁的辦公室」，是放在結尾的部分，但是我們又再次面臨到與主要句子相互衝突的情況；在主要句子中的觀點乃是「我」，而讀者也將使用這個觀點來試圖瞭解短句的涵義。然而，將前往副總裁辦公室的並不是「我」（亦即該份備忘錄的作者）而是這篇文章（我之所以會如此認為，那是因為我知道整個事情的前後關係）。同樣地，如果主要句子與短句之間有著不同的看法或觀點，那你就應該將它們明白地陳述出來：

在這篇文章被送到副總裁的辦公室之前，我是否可以對它先行過目？

明瞭性策略5——使用「何人／何者／那個」以及它們的相關用詞時，在排列上應與它們所提供資訊的文字儘量靠近

如果你把它們分開的話，那你將會造成明瞭性的問題；就如下例所示：

坎貝爾先生，乃是替詹姆仕先生作傳的一位作家，他成長於格拉斯哥……。

到底是誰在格拉斯哥長大的？坎貝爾先生或是詹姆仕先生？雖然從該句的結構來看，它所指的應該是「詹姆仕」；但根據我們對這件事情的實際瞭解，肯定是坎貝爾沒錯。

依據策略5所示，可將上句修改為：

在格拉斯哥長大的坎貝爾先生，他乃是替詹姆仕先生作傳的一位作家……。

即使是在「何人／何者／那個」等代名詞並未出現的情況下，我們也可以將策略5運用在與提供資訊有關的其他用詞之上；例如：

我們打算完成長期性的策略評估，使本公司的各項主要業務能在我們可運用的產能之下，與我們的成長目標做一結合。

將目標與產能連結在一起的究竟是什麼？由句中的結構來看，它應該是「本公司的各項主要業務」；但是，這又顯得相當不合常理。它應該是「長期性的策略評估」才對。

為了改善這個句子的明瞭性，我們應該將整個句子的結構重新安排；把「提供資訊」的文字及用來敘述它們所提供之資訊的相關文字，儘可能地在位置上越靠近越好：

對於本公司的各項主要業務，我們打算針對它們來完成長期性的策略評價，以便在我們可運用的產能之下，與我們的成長目標做一結合。

我們打算針對本公司的各項主要業務來完成長期性的策略評價，以便在我們可運用的產能之下，與我們的成長目標做一結合。

有太多的溝通傳達在技巧上實在是過於拙劣，以至於我們必須絞盡腦汁才能去猜測出它的真正涵義；這乃是一項不爭的事實。講稿撰寫是一種溝通傳達，而不是一種猜謎遊戲。要使你的演說具有可聽性，最重要的一點便是讓聽眾所需思索的時間降至最低。當聽眾試著解讀你所欲表達的意義時，所需花費的心力與精力越少，則他們對於這些訊息本身的瞭解程度也就會越高。

構思句子的結尾

可以使你的演說更值得一聽的第二種方法，便是加強句尾的效果。

由於溝通傳達乃是以線式方式被接收，因此在聽眾真正的瞭解整句話的意義之前，他們不但要對這個句子中先前部分的結構進行處理，而且還得對該句中其餘部分的結構組成某種徵兆。你可以藉由準備各種有關於整個句子將會如何發展的預期，然後再藉著使它們一一實現，來幫助聽眾更易於達到這項目標。

當你使用的所有句子都是以這種準備、並實現各種預期的方式來撰寫時，那你的講稿便已達到效果。第一個部分可以提供讀者某種線索，知道整件事情將會如何演變；然後，這個句子事實上就是以這種方向來發展。

以下所列舉的幾項策略，可以讓各位增強這種效果。

句尾效果策略1——將時間與地點的陳述移到最前面

這種作法是相當淺顯易懂、不必多加解釋的。就像我在前文中所提過的，這麼做的原因乃是要對整個句子的其餘部分預做準備；聽眾可以知道在這個句子的其餘部分中將陳述的內容，乃是在那種特定的背景下所發生的事情。另一個附帶的好處則是：明瞭性。藉由把時間與地點的陳述移到最前面，你可以避免聽眾可能會誤把某些在此類陳述之後所出現的事項、與此類陳述做出錯誤結合的這種混淆性。

句尾效果策略2——將一系列的項目依據它們常態的、實際的順序來做排列

下例是一種非常態性的排列順序：

我們打算在配送、製造及行銷方面超人一等。

常態的排列順序應該是：

……製造、行銷及配送。

相同的原則也適用於對重大事件的順序排列。例如：

此外，對我們的交易定位所造成的不利影響，這是來自於去年對整個貨幣的過度高估，必須要預期在一九八三年，甚至於往後的年度中都會持續下去。

作者先陳述影響，然後才是原因——過度高估。而我會把原因放在前面，將其修改為：

此外，由於去年對整個貨幣的過度高估，因此我們必須預期它對我們的交易定位所造成的不

利影響，在一九八三年內，甚至於往後的年度中都會持續下去。

句尾效果策略3——運用前置的訊號

在英語中有許多由兩個部分所構成，能夠用來準備及實現各種預期的陳述句。

不僅……而且（notonly……butalso……）

假如……那麼（if……then……）

雖然／縱使……但是／不過（although / eventhough……nevertheless / still）

既不（或）……也不（亦或）……〔neither（either）……nor（or）……〕

……兩者都是（both……and……）

由一方來看，……從另一方面來看……（on the one hand,……on the other hand,……）

當我們聽到「不僅」這個用字時，我們就知道稍後應該會再出現「而且」這個字眼；最先出現的這兩個字，已帶給我們一種有關於這個句子之其餘部分的強烈線索。

你也可以運用由單一用字所構成的訊號，來作為一句由兩個部分所組成之句子的第一部分，並使其達到相同的效果；例如：

「當」我們的員工瞭解這項新的獎勵計畫之細節後，（那麼）他們必定會感到非常高興。

就在我們聽到「當」這個字的時候，我們對於這句話的其餘部分將會如何發展，就已經有了相當清楚的概念。我們知道演說者打算依據時間的先後順序來把兩項事件結合在一起時，所以我們在思維上就會於第二個部分之前加上一個「那麼」。

相同的原則也可運用於：

「由於／因為」競爭的緣故已使某項新的產品問世，是（所以）我們必須加快我們本身的產品開發計畫。

同樣地，對於這個句子的其餘部分來說，開頭的用詞已產生出一種預期：我們預期在這兩項事件之間存在著一種因果關係，因此我們在思維上也會於「我們必須加快……」之前加上一個「所以」。

由於這類前置訊號對於有效的加強句尾效果，以及因此而帶來的可聽性而言是相當重要的，所以只要一有機會就應該善用它們。你將會發現到：實際可用的機會遠比你想像中的還要更多。

要想發掘這些機會，你可以試著對這個句子的整體意義做一瞭解。如果有任何的暗示是與後續的涵義有關時，那麼你就可使用某種前置訊號，來將這個句子重新安排。

句子的涵義	前置訊號
時間的先後順序	使用「當……時」，或是「在……之後」
因果關係	使用「因為……」，或是「由於……」
假如是X，那麼Y （if X, thenY）	使用左邊欄位中的用詞
既然是……，那麼…… （giventhis, thenthat）	使用左邊欄位中的用詞
雖然／縱使是X，但是／不見得Y （although / eventhough X, nevertheless / notnecessarilyY）	使用左邊欄位中的用詞
不論X是／不管X是，但是，Y （regardless of X / despite X, nevertheless,Y）	使用左邊欄位中的用詞

一個句子中的動詞通常都能提供你所需要的暗示；例如：

在針對各項重大事件對經濟所可能造成的潛在影響的報告書中，假如沒有提到它們的相關發生機率時，勢必無法引導我們來對這些防範措施做一確認，以瞭解有哪些措施需要加以修正，而哪些則不需修改。

在這段話中，我唯一發現到的一個具有「假如——那麼」之涵義的用詞便是「引導」因此，當我們以「假如」來作為起頭的話，那麼整句話的其餘部分就應該修正為：

假如我們（只是、只有）陳述各項重大事件對經濟所可能造成的潛在影響，卻沒有提到它們的相關發生機率時，（那麼）我們就無法確認這些防範措施中有哪些需要加以修正，而哪些則不需修改。

句尾效果策略4——避免前段的內容過於繁複

你的聽眾必須要能記住每句話的前段部分，唯有如此，他們才能將它與後段的內容做一結合。因此，你不應該讓句子的開頭部分顯得過於冗長或複雜。

以下這個例子，便是一個前段內容過於繁複的句子：

在正常的營業時段中，當人們試圖藉由電話來與其他人聯絡，卻又無法撥通的這種情況，其比例之驚人早已不是什麼祕密了。

聽眾若想瞭解這句話的意思，就必須從頭到尾牢記每一個字。這對他們來說，實在是有些苛求。

如果你發現自己的草稿中存在著這種前段內容過於繁複的句子時，就應該將它區分為兩個部分，讓每個部分都自成一個句子；如果可能的話，則使用一種前置訊號來作為第一句的起頭。就拿上述例句來說，你可藉由提供一種整體性的涵義來作為開始。在這個例句中，「祕密」這個部分事實上只是一種次要的觀念而已，我們真正要陳述的乃是一種「當……卻又……」的關係，就像是「當人們試圖藉由電話來與其他人聯絡，……卻又無法撥通的這種情況」。

總而言之，你應把前段內容過於繁複的句子加以分割，使其成為各具獨立性的句子；在可能的情況下更應使用各種前置訊號。

當人們在正常的營業時段中試圖藉由電話來與其他人聯絡，卻又無法撥通的這種情況，其數量之驚人早就已經不是什麼祕密了。

句尾效果策略5——將重要的項目移到句子的結尾部分

藉著把你想要強調的項目儘可能地放在靠近結尾的部分，這將可以讓你的句子產生一種優美而又令人滿意的句尾效果，並因此而讓聽眾的預期獲得實現——而且也能夠改善整篇講稿的可聽性。

微弱的句尾效果：

由於軟體乃是針對某種特定的作業系統來設計，因此它對於把不同作業系統的數量減至最低，可說是相當有利的。

將重要項目移到句子的結尾部分：

由於軟體乃是針對某種特定的作業系統來設計，因此它有利於讓不同作業系統的數量得以減至最低。

在這段話的第二個部分中，「作業系統」並不是它的主要觀點；「減至最低」才是整句話的關鍵所在，這點我們於前文中已經談過了。在第二句的說法中，便將這項觀鍵概念放在它所應該歸屬的位置上。各位只要將這兩句話大聲朗讀幾遍，就可以聽出它們之間的差別了。

構思講稿的一貫性

與可聽性有關的第三個方面則是一貫性。當你講稿中的一貫性越高時，則你的演說也就具有更高的可聽性。

如果在數個連續的句子、段落章節之間的關係，能讓聽眾感到相當明確而不至於造成誤解時，那你的演說就具備了一貫性。換言之，一貫性就是能夠把一篇論題中的各個組成部分連結為更大的構成要素；將句子連結為段落，將段落連為章節，將章節連結為整篇的講稿。

當你在撰寫講稿時，可運用下列兩項策略來使你的作品具有更高的一貫性。

一貫性策略1——運用各種提示語

不論你是在為自己的演說撰寫草稿，或者只是在為自己提供某種大綱或注釋，你必然都會使用到數量極鉅的「提示語」，亦即那些能夠暗示出你本文中各項資訊間之關係的用詞及片語。當你在使用它們的時候如果能夠更為前後一致，那麼它們之間的關係也將會更加清晰明確。

在口頭的表達中，這些提示語尤其重要；因為聽眾無法像閱讀書籍一般，藉由重新翻閱前文來恢復他們的記憶，他們必須不停地跟著你談話的架構與發展來同時前進。

以下便是這方面的某些例子。如果它們之中有任何一者（或是其他的用詞；事實上你應該能夠輕而易舉地將這份表單加以擴充才對）能夠清楚地表達出某項資訊與該篇本文之間的關係時，你就可以運用它。切記一件事：你的聽眾並不知道你將朝著哪個方向前進，因此你必須把這個方向告訴他們。

句子與句子之間的提示語：

其次／然後／後來

繼之／結果／因而
但是／不過／既使如此
再者／而且／以及／更有甚者／除此之外
從另一方面來看
然而／但是
反之
但是／雖然如此
舉例來說／例如
換言之／亦即
事實上

上述這些例子中的最後三個，一般而言是可以被省略掉的。根據英語的慣例，當一個句子的提示語並未出現時，它所代表的意義也就是「舉例來說」、「換言之」或是「事實上」。

段落與段落之間（以及句子與句子之間）的提示語：

首先／以……為開始

其次／第三／第四……下一個

最後／最終

另一項原因／因素／困難／影響／利益／結果／要素／問題[1]

章節與章節之間（以及段落與段落之間）的提示語：

我們／我已經對X做過討論。接下來我們／我將對Y再做探討。

現在就讓我／我們將話題轉到……。

所有的這些事實都擁有一種相當簡單的解釋。

這就是問題／原因／困難／（以及其他的用詞，都決定於你的組織計畫）之所在。

它的解決方法／影響／好處／（以及其他的用詞，都決定於你的計畫）究竟是什麼呢？

關於提示語，我還有另一項忠告：一般來說，當界限或範圍的重要性越高時，則使用的提示語也應該越為明白顯著。在句子與句子之間的提示語，只不過是一、兩個字的長度罷了；然而，用來區分章節之間的提示語，卻有可能是由好幾個句子所組成的。舉例來說，「很好，我相信各位對於我們是如何獲致目前的成就，都已經有著相當清楚的瞭解。現在，我就要利用剩餘的時間。來和大家談談我們未來的目標與方向究竟在哪裡。」你甚至還可以把到目前為止的演說內容做一扼要概述：

很好，關於各位試圖藉由你的廣告與你的產品以爭取他們青睞的這些顧客，我希望各位現在對他們都有了更清楚的認識。

概言之，這些人有著相當多的食品可供選擇，而且他們也比已往更為大膽。他們可運用的時間已經是捉襟見肘，承受到相當大的壓力，而且也不願意將太多的時間花在烹調上。他們在傳統超市以外的其他地方採購食品，而且也購買許多已調製好的食物。他們對於各種可供選擇的健康食品仍然相當關切，但卻已經變得不像已往那般地嚴苛要求、而且將焦點更著重於正面的效果上。他們利用食物來作為犒賞自己的一種方式。他們對於價值極為關切。他們的年齡正與日俱增，食用著某些相同的食物，但同時也需要在其他方面做一改變。

截至目前為止，我已針對各位在邁向卓越之路時必須先建立起橋樑的相關領域做過調查。現在，就讓我將話題轉到那些我認為有助於各位建立起這座橋樑的各種策略上。基於我先前所概述的各種狀況，我們總共有三種策略可以運用，它們是獲致成功的三項關鍵。[2]

一貫性策略2——藉由重複某個字（或觀念），以及／或是藉由使用「這」來做為指示，來將兩個句子加以連結

如果你要將某項觀念由一個句子中結轉到本文內時，在傳達其一貫性上有一種極為強而有力的方法：在這兩個句子中的第二句裡，使用某個能夠將第一句之觀念加以重複的用詞或片語（本書中都是使用這種方法，因此並不需要大費周章地再去尋找其他的例子）。假如你將「這」與該重複用詞共同使用，那麼你就可以將這兩個句子連結在一起，並且指示出在前一個句子中的某種要素。或者，你也可以單獨使用「這」來作為一種指示；但要確定它不至於造成曖昧不明的結果（參見明瞭性策略3）。

注　釋——

1. Here I'm simply reminding you to use as signposts the very same words that you use to remind the audience of your organizational plan(s); see Chapter 2.
2. "Building the Bridge to Excellence." Keynote remarks by Robert Eckert to the National Turkey Federation, San Francisco, CA, Jan. 13, 1997.

第八章

表現手法

針對不同場合來做準備

表現手法的重要性

你是否曾經聽過這句話：「重要的並不是你所說的內容，而是在於你表達時所使用的方法。」不適當的表現手法，將會對你所傳達訊息的有效性造成嚴重的戕害。當你在寫一篇安慰信函時，絕不會使用下列這句話來作為開頭：「你家裡那位老人家的去世，實在是太不幸了。」而當你在寫給自己兄弟的信中，也不至於會用下列這種方式來作為開始：

親愛的艾力：

閣下於十八日所寫之來函已收悉，而我們全家人都已詳閱，在此謹向你致上我們的祝賀之意。

上述這兩個例句到底是哪裡不對勁?整個問題並不在於它們所說的內容，而是在這些內容是如何被加以表達。在這兩個例子中，所使用的語法及遣詞用字都完全不恰當；第一個例子中太過於親近平易，而第二個例子則太過於刻板生硬。

當你在撰寫演說的草稿時，所使用的表現手法應該是要能適合於你的聽眾、主題及整個狀況。我們在下一章中，將針對遣詞用字進行探討；本章的主要重點，則是置於與表現手法有關的各種文法上之選擇。

「人稱的」對「非人稱的」表現手法

我即將向各位說明的，乃是在撰寫講稿時可使用的兩種相當極端的表現手法；雖然如此，我們也將瞭解到介於這兩者之間，仍存在著難以數計的諸多可能性。這兩種極端之一便是「人稱的表現手法」（或稱為「P」），它是一種在親朋好友或是同輩之間進行溝通傳達時所使用的語言。另一種則是「非人稱的表現手法」（或稱為「I」），它是一種權力及威信的語言。

人稱的表現手法乃是非正式的。它是在彼此都相當熟稔的人們之間的備忘錄、短簡、信函及其他各種溝通傳達上所使用的一種語言，而且也不是針對廣大的聽眾所撰寫的。它同時也是那些為了營造出非正式之印象的各種溝通形式所使用的語言——例如，報章雜誌的標題、廣告文案（它極度倚賴於和觀眾之間那種虛假的熟識度）及各位所撰寫的大部分演講稿。

非人稱的表現手法則是正式的。它是大部分的學識性與學術性著作，以及大部分的商業信件、備忘錄、計畫案與報告書，還有各種法律規章、合同、契約、保證函、儀式典範書、聲明書、宣言和其他正式的官方傳達文件中所使用的一種語言。

人稱的表現手法乃是個別的，而且是私人的。它是一種人們在代表他們自己時所使用的語言。它可以允許作者使用他們最青睞的陳述方式，來表達出他自己的個性。

非人稱的表現手法則是團體的，而且是公開的。它對於在該項陳述背後的那個人，所能提供的相關線索極為有限，甚至於根本就無跡可尋；這也是它為什麼適合於各種公共團體（例如，公司行號、政府部門、大專院校、非營利性的機構、各種委員會、各種組織等）或是適合於代表某個團體的人們的溝通傳達之原因所在。

人稱的表現手法乃是會話式、對談式的。它聽起來與我們平日的說話相同，但卻沒有那些虛假的開頭，那些「我的意思是」、「你應該知道」以及我們在即興交談中所聽到的其他客套話。

非人稱的表現手法則是專業性的。它聽起來充滿著商業味道、具有威嚴性或是學術氣息。

在各位的演說中，雖然大部分都是屬於人稱的表現手法，但仍有某些時候，你會想要讓它帶有較高的非人稱特性。你在撰寫講稿時，只要遵循我即將告訴各位的幾項簡單原則，就可以運用這兩種方式中的任何一者，或是將兩者混合使用。每項原則都代表著當某種特定的機會出現時，你可以加以運用的一種選擇。你所要說的內容並未有所改變，它的差別只是在於你要如何表達出來罷了。

選擇表現手法的原則1——對於人稱的表現手法請選用行動的陳述方式；對於非人稱的表現手法則選用抽象的陳述方式

在非人稱的表現手法中，充滿了代表各種抽象過程與事件的用詞。對於這些抽象用詞，當你一旦能夠辨認出更多的種類且更為熟悉時，你將會發現到要看出它們究竟是屬於哪種型態，其實並非一件難事。

抽象陳述的各種例子

IRAS的擴張

汽車的生產

業務的成長

對蔬菜的厭惡

在原則1背後所隱含的觀念是：這些陳述幾乎全都可以和那些具有相同意義，但在表現手法上卻更帶有人稱特性的行動式陳述相互轉換；這是由於當你在使用一句行動式的陳述時，你必須詳細說明是誰在進行這項行動。

由「非人稱」（I）轉變為「人稱」（P）

只需要把陳述方式由抽象的轉換為行動的，並補充一個或數個用詞來說明是由何人在執行這項行動。當你一旦做到這種程度之後，別忘了再把整個句子中的其餘部分重新排列，以使其流暢通順。這種作法之下，你通常都會以一個簡短的句子來作為整句的結束（在以下的例子中，我將這些簡短的句子以上下引號來標示）。

由「人稱」（P）轉變為「非人稱」（I）

根據上述的原則，反其道而行即可；除去執行這項行動的人，將陳述方式由行動轉變為抽象，再把整個句子中的其餘部分重新排列即可。

I（抽象）：我們的各項設施之現代化，正按照時間表在進行。

P（行動）：「我們正把所有的設施加以現代化」（而且）正按照時間表在進行。

I（抽象）：目前的各項計畫，顯示出一種相當具有強制性的前景。

P（行動）：「我們的員工目前正在實行」一項相當具有強制性的計畫。

I（抽象）：管理階層建議應大幅降低成本。

P（行動）：管理階層建議「我們應該將成本大幅降低」。

有時候，你則是藉著由較大的句子中引用其行動用詞，來創造出人稱式的陳述：

I（抽象）：我們各項設施的現代化，已經開始著手進行。

P（行動）：「我們已經開始」對各項設施「進行現代化的工作」。

如果你的抽象陳述是位於一個句子的開頭時，那你通常都可以藉由以如果、當、由於等詞來作為開始，而將其轉換為人稱的表現方式。

I（抽象）：在我們的能力範圍內謀生，將會需要面臨到許多……。

P（行動）：如果「我們要在自己的能力範圍內謀生」，「那麼」「我們就（必須）面臨到許多……」。[1]

I（抽象）：在燃料稅中所做的任何調漲，只要其幅度夠高的話，都會對預算赤字產生深遠的影響……。

P（行動）：如果「我們／政府部們調漲燃料稅」，只要其幅度夠高的話，都會對預算赤字產生深遠的影響……。

當你以這種方式來將整個句子轉變為人稱式的陳述時，因為在一句由兩個部分所組成的句子中，這種前置訊號可以為各種期待預做準備，而使聽眾在整個句子開始之際就可以獲得一種強烈的線索，知道整個事情將會如何發展下去。

選擇表現手法的原則2——對於人稱的表現手法選用「主動式」的陳述方式；對於非人稱的表現手法則選用「被動式」的陳述方式[2]

就如上述原則1所示，當你要由非人稱的轉換為人稱的表現手法時，你必須先說明是何人在執行這項動作，然後再讓這種「P（行動）」表現手法成為人稱式的。從另一方面來看，如果執行這項行動的人（或是團體、實體）是你所不知道的，或是毫不相干者時——或許因為聽眾已經知道是何人或者它究竟是什麼，那麼這種「被動式」的、非人稱的陳述方式將可讓你達到目的。

I（被動式）：還有額外的三仟名員工已被僱用。

P（主動式）：我們（或是本公司等）已僱用額外的三仟名員工。

I（被動式）：我們在降低成本上所做的各種努力已日益增強。

P（主動式）：我們已經增強我們在降低成本上的各種努力。

I（被動式）：請考慮下列各種特性，它們皆是由該項研究中被導出的結論。

P（主動式）：請考慮下列各種特性，它們是我（或是我們、我們的顧問人員等）由該項研究中所導出的結論。

有一個特例：將被動式的陳述除去。有時候，你並無法找到以完整形態所存在的這種「被動式」的結構；它們可能只是以一個具有「被動式」意義的用詞來做表示：

P（被動式）：當與對產品品質的重新強調做一結合之後，此類的努力將能夠……。

事實上，這只是以簡化形式來表達出「它們」（如這些努力）被結合罷了。這時，你所要做的只是把「被結合」這個部分轉變為一種「主動式」的陳述，然後再依據前文中所述，將那些被遺漏的構成要素——亦即這項行動的執行者——補充於句中即可：

P（主動式）：當我們把它們與對產品品質的重新強調做一結合之後，此類的努力將能夠……。

另一個特例則是：將非人稱的「它」使用於「被動式」的陳述中。有許多的句子都是以那種不具實質意義、非人稱的「它」來作為一項「被動式」陳述的起頭，而此類的句子也可以被轉換為人稱的表現手法。你只需要把「被動式」的這個部分改變成「主動式」，然後再以執行這項行動的人來取代「它」就可以了。

I（被動式）：這些新的產品已被假定為將會爭取到相當高的市場佔有率。

P（主動式）：我們／我／行銷人員（等）假定這些新的產品將會爭取到相當高的市場佔有率。

I（被動式）：這些資金已被打算運用在研發方面。

P（主動式）：我們／財務委員會（等）打算將這些資金運用在研發方面。

選擇表現手法的原則3——對於人稱的表現手法應將冗長的複合用詞加以分離；對於非人稱的表現手法則可保留此類用詞

所謂的複合用詞例如，家庭工廠、學校課本、駕駛訓練、貓食……等。要想瞭解每一個複合用詞的真正意思之前，我們必須先知道(1)每個單一文字所代表的意義；(2)在這些構成要素之間的關係（例如，貓食乃是專供貓所用的食物；家庭工廠則是設置在家庭中的工廠）。

那些於科技、法律、學術及其他專業領域中的作家們在進行溝通傳達時，很喜歡把許多字串連在一起，而創造出各種不曾見過、較為冗長的複合用詞。要想瞭解這些複合詞彙的意思時，讀者必須先在思維上將所有的構成要素重新排列，並且重新構築隱含於其中的彼此關係：

燃料稅調漲＝調高在燃料上所徵收的稅率

使用者通話配置程序＝使用者在撥接電話時所依循的程序

董事會議議程＝董事會的會議中所使用的議程

在非人稱的表現手法中，會充斥著許多這一類的串連詞彙；它們可能是由三個、四個、甚至於更多的字所連結而成的複合用詞，這種情況可說是司空見慣。造成這種現象的原因之一，乃是這些專業人士在彼此溝通傳達時，已習慣於將這些冗長的複合詞彙用來作為一種集團內的速記文字。演說者及撰文者並不需要對它們詳加敘述，因為聽眾都已經知道它們所代表的意思。在各種公共團體中所使用的正式語言，它們在功能上的作用還不及在裝飾上之目的來得重要；也就是說，人們之所以會使用這類用詞，乃是因為它們可讓溝通傳達聽起來更具有非人稱的特性（而且在和科學或科技有關的論述中，這種方式可能會表現出更高的「專業性」或「嚴謹性」）。

從另一方面來看，這種人稱的表現手法就像是自然而不做作的說話一般。它所使用的那些複合用詞必定都是相當明確而易於瞭解的。換言之，聽眾都已經相當清楚此類用詞的所有構成部分之間的關係，因此他們就會將其視為一個單獨的詞彙；例如，家庭工廠、貓食。至於其他的所有複合用詞，都應該被加以分解並重新排列，以詳細說明它們彼此的關係。

究竟該使用人稱的或非人稱的？如何選擇你的表現手法？

雖然你的演說中大部分都是使用人稱的表現手法，但是其中必定會有某些需要具備較高度之禮儀形式；例如，一篇頌詞、一場嚴肅的業務說明會、科學上或科技方面的展示會。你不妨試問自己：(1)你所要表達的主題，通常都是以何種方式來被討論；(2)聽眾所期望的究竟是什麼。然後再據此來調整你所用的語法。

在上述的各項原則中，已向各位說明如何讓你所撰寫的講稿聽起來就彷彿會話式的對談一般：你只要每次都選用人稱的表現手法即可。但是，你偶爾也會想要讓自己的演說具有稍微高一些的正式性，而讓其口語上的直爽性略微降低。因此，你可以創造一種中庸的表現手法，運用上述原則中的一種或多種，來達到你想要的效果。

有關表現手法的附記：營造一種「隱喻的對白」

還有另一種方式，可讓你的演說聽起來就像是對話一般，在各個不同的地方，將下列兩者做一結合：(1)你本身對於自己所說內容所產生的反應；(2)你對聽眾的反應所做的預期。那些老練的獨白者會運用這些策略來讓聽眾也被牽扯在其中（只要是含蓄地就足夠了），而使他們的表演具有更高的互動性——你當然也可以這麼做。

注　釋——

1. This example has two abstract expression; I'm converting both to the personal form.
2. "Doing" and done-to" correspond, respectively, to "active" and "passive." I'm trying to keep the grammatical terminology to a minimum.

第九章

遣詞用字

找出強猛有力的用詞

存在於近乎正確的用字與正確的用字之間的那種差異，事實上是相當大的——它就有如存在於螢火蟲與閃電之間的差異一般。

——馬克吐溫（MarkTwain）

以編校來達到最佳的遣詞用字

當你的草稿一旦處於接近完成的形式時，也就是你應該針對你本文中的每一個「內容」用詞（也就是說，那些相對於假如、但是、以及、雖然等用詞，而在事實上具有某些意義，可以告訴我們某個字在該句中所扮演之角色、或是與某些其他的字彙之間存在著何種關係的用詞）進行檢視的時刻。你甚至還可以將他們特別標示出來，以便能夠按照本章中所提供的資訊，對他們逐一進行檢視。

你的目標乃是要確定在所有的情況下，你都選用了正確的字彙，也就是說能夠將你希望它完成的事情精確無誤地表示出來，而不再帶有其他涵義的那些用字。

但是，你希望它完成的事情究竟是什麼呢？在回答這個問題之前，我們必須先提出另一個問題。

文字的功能為何？

當你能夠對這點有所認識之後，關於撰文者與演說者在諸多用詞（或片語）中做出最後抉擇時所必須做的究竟是什麼，你將會有一種更深入的瞭解。

文字具有下列三種功能（而且一個字彙可以同時執行這三種功能）：

1. 標示（命名）：它們可以標示（或指出、或象徵）某種事實，亦即在語言之外的世事。
2. 表達出各種評判：它們可以傳達出撰文者對於這些文字所代表之各種事實的感覺與評價。
3. 表達出「距離」：它們可以讓聽眾知道撰文者認為這項溝通傳達應該是公開的抑或是私密的，而且它們也能夠暗示出撰文者與聽眾乃是屬於同一集團內的成員。

現在就讓我們逐一對這些功能進行更深入的檢視。在我說明每一種功能所指究竟為何之後，我會再告訴各位如何將它運用於你所選定的各種用詞之上。

遣詞用字的功能1：標示

如何使用文字來對各種事物標示命名

哲學家、語言學家及心理學家已完成的有關於如何以文字來象徵事實的相關研究，在數量上可說是堆積如山；但由於我們在此處所要提出的乃是實務上的忠告，因此我將它們全都略過、直接進入所要談論的根本領域：除了那些聽起來就與它們所代表之事物並無不同的用詞之外（如動物的鳴叫聲等），在一個名稱與一件事情之間通常都不存在著必然的關聯性。對於某件事情的唯一「正確」用字，乃是人們都已認同以它來代表這件事情的那個字彙。與瞭解某種語言時有所牽扯的部分因素，乃是要能夠將語言的領域（文字）與經驗的領域（事實）做一匹配，而且還必須以一種和使用該語言的其他說話者幾乎是完全相同的方式為之。

就表面上來看，這似乎是相當簡單而且極為清楚的。但是，當我們對它在實務上的運作進行檢視之際，很快就會發現到兩種極為明顯的問題。

標示命名方面的第一種問題是：我們所使用的某些字彙，並無法象徵每個人都認同的某件事實。因此，譬如上帝、天使、撒旦及輪迴等字彙，對於某些人來說可能具有無比的權力與直接的意義；但是對於其他人而言，可能根本就對它們嗤之以鼻。我並不打算在此對這項問題多做討論，因為它所牽涉到有關於人們認為哪些事情是真實的、哪些又是虛幻的這種信仰，要比溝通傳達的本質及過程還來得更為重要。

第二個問題則是：人們對於各種標示命名與各種事物之間的匹配性，並無一致的認同。這些爭論主要是以下列這項問題為中心：在我們能夠正確地將某個名稱與某件事情搭配在一起之前，這件事情必須要具備何種的屬性。這是一個有關於分門別類的問題。

我太太告訴我說她想要去買一件皮夾克。我腦中所想像的乃是一件長度及於腰部、穿在外面的長夾克就像我自己所穿的那件一樣；但是她卻告訴我，女性的夾克在長度上是要及於膝部的。

各位不妨想想：如果我們對於連夾克之類的日常生活項目都會產生溝通上的問題，那麼當我們在試圖決定「道德」、「真理」、「民主」或是「猥褻」等字彙所代表的意義時，又會出現何種的狀況呢？當我們試圖使用各種標示命名來對那些具有高度差異性，以及會讓我們心中產生強烈情緒反應的經驗進行分類時，而且在我們試圖讓其他人對於我們所做的分類表示認同時，又會出現何種狀況呢？其結果必然是：在人們之間會出現無以數計的意見衝突，所有的人都認為自己是在「聽其言而知其意」。

但事實卻是：我們之中沒有任何人能夠真正的做到「聽其言而知其意」或是「直言不諱」。那些堅持認為你應該要這麼做的人，他們的真正意思只不過是「使用這種我所青睞的命名定義的人就是我的朋友」。

當然，在絕大多數的情況中，人們都可以取得意見上的一致；如果他們無法做到這一點，那就會使溝通傳達比它所應該呈現的結果更為困難。雖然如此，在其他的許多情況下，遣詞用字仍具有攸關成敗的重要性。你可以說「我們正在縮減業務編制，並對我們的生產運作進行合併」；或者你也可以說「我們已解僱了許多業務人員，並關閉了我們的某些工廠」。有許多明確的原因可讓我們在上述兩種說法中選擇其一來使用（事實上，我並不喜歡見到上述這兩種說法中的任何一者；但是，有時候這種事實畢竟是存在的，而你也不得不對它稍做討論）。

「詞典」的功能為何

就這點來說，你或許會懷疑：我們是否無法只藉由查閱詞典，而找出一個單字的「真正意義」究竟為何？很抱歉，但這並不是一本詞典發揮良好作用的方式。然而，你如果能瞭解到一本詞典的功能究竟是什麼時，你將會處於一種更有利的狀況來有效的運用它。

首先，沒有任何的東西會像「詞典」一樣。我們在市面上可以找到數十種的詞典，而它們之間的內容也各不相同；如果你到書店裡去找兩本不同的詞典，並將它們對於相同字彙所做的定義加以比較的話，就可以知道我所言不虛。

其次，各種意義乃是不斷地在轉變中；因此，既使是同一本詞典的不同版本中，所提供給你的資訊也可能是不盡相同的。

第三，標示命名的過程亦即將字彙與事物的類別加以搭配，不僅決定於「必須具備」的各種特性（夾克這個字所指的必須是穿在上半身的一種外套），而且也取決於那些狡猾的「最好能夠擁有」的各種特性（夾克可能是、也可能不是一件穿在外面的外套；它或許會長及腰部、也可能會長及膝蓋）。字典中會提到並描述這些，但是仍會在界限方面留下某種曖昧不明性，就如同它們被使用於實際語言中的那種曖昧不明。

雖然如此，對於講稿撰寫者來說，一本詞典仍是其不可或缺的工具。你可將它視為一種類似字彙或匹配用詞的集合物。它將截至發行之日止、具有相同涵義的所有字彙（亦即象徵相同事實的那些字彙）全都列舉出來，就某種程度而言，它也決定了這些字彙所代表的意義。它也告訴了我們有哪些字彙具有部分的相同意義，而且它也說明了這些意義在哪些部分是相互重疊的。

標示命名與分門別類

簡言之，這種象徵性的過程乃是以類似於下列的方式來發揮作用：所有的詞句皆以各種能夠被理解，而且是被某種語言之使用者所公認的方式來代表各種事實。這也是「認識某種語言」這句話的部分涵義。因此，一位撰文者在決定使用某個特定的詞彙時，實際上也就是一種依據某項特定事實之特性，來對其進行分類的決定，也就是說，將它歸屬於符合這種特定標示的群體之中。

事實或結果

既然各位已經知道如何以字彙來為各種事物命名，那麼你也應該能夠瞭解到：在諸多字彙中選擇一個最恰當者，只不過是一種「事實或結果」的遊戲罷了，但如果你無法說出聽眾所認知的「那種事實」，那你就會嚐到其苦果。相反的，如果你對這些聽眾相當瞭解的話，你就能夠預期他們將會有何種反應，也就是說，你知道他們對於這項議題所可能賦予的是何種的標示名稱；這麼一來，你就可以提出說明，並在必要時對你的遣詞用字進行辯解。

這並不代表說你在一個句子或一個段落中，必須絞盡腦汁來說明你為何會使用這個、或是那個特定的字彙（雖然這種作法有時候仍是有其必要的）。通常來說，當我們預期到聽眾會有異議時，就可以運用簡短的用詞，來「防衛」我們所選用的標示命名或是「迫使」聽眾接受它。

防衛用詞

如果你認為聽眾對於你所選用的標示命名可能會出現問題時，那你就應該考慮使用一種如技術上來說、嚴格說起來、或是在某種意義上之類的「防衛用詞」。

實例1：防衛用詞

當我們說到「一個番茄『嚴格說起來』乃是一種水果」的時候，我們已表現出下列這種態度：我們很清楚在不同的目的下，對於事物分類會有著不同的方法，而在上例中，便是「科學的」對「日常生活的」。就這個例子而言，我們和聽眾都是站在共同的立足點上，因為我們都知道這些不同的分類系統究竟是什麼；雖然對我們大部分的人來說，要正確地去解釋一顆番茄是否能算是一種水果時，可能就得大費周章了。

實例2：防衛用詞

嚴格說起來，他們並未被解僱。

技術上來說，他並未違反規定。

就某種意義而言，他們的看法是毫不相關的。

我們在上述這些例子中，乃是藉著暗示出還有另一種同樣具備正當性的分類標準，來防衛我們所使用的標示命名。當然，我們也可以對這另一種的分類標準詳加說明，或是將它留給聽眾自己去想像。

在第一個例子中，撰文者可以辯稱：由於並沒有人在毫無預警的情況下，突然間就中止了這些人的僱用，因此他們並不能算是被「解僱」。整個情況只不過是這些人的合約並未被重新簽訂，或是他們的職位已經被刪減掉罷了。但是，這些事件仍然可被歸類於「解僱」；因為這個字彙在其意義上之核心的及必備的構成要素，亦即僱用是被雇主單方面地將其中止的事實，的確是普遍存在的。雖然如此，就技術上來說，他們並未被解僱。

基本上，則是另外兩種防衛用詞。它們的意思是：「這是我在目前所能夠（或是所願意）提出的所有資訊；我可能遺漏掉的任何事情，事實上是無傷大雅的。」

與使用防衛用詞有關的忠告

由於在所有的防衛用詞中，都隱含著一種撰文者對於如何將一個名稱與一件既定的事實加以搭配的相關決定；因此，你必須確定聽眾會接受你所做出的這些決定。如果聽眾在這方面的步調與你並不相同的話，那你就必須做好準備、以便為你的這些防衛用詞提出辯解（就如我們在前文中所舉出的那個「解僱」的例子）。

強迫用詞

「強迫用詞」，其意義就如字面所示，乃是要驅使聽眾去接受撰文者所提出的那些「字彙與事物」的關聯性。

強迫用詞：種類1

事實；事實上；真理

真相；實際上

真實的（地）；真正的（地）

這些用詞乃是強調出撰文者對於他本身在為各項事實所做的標示命名上，抱著深信不疑的態度。這的確不假（你看到沒？我正在強迫各位去接受我剛才所提出的陳述）。當你使用它們的次數越多時，代表著你在強迫聽眾接受的程度上也越高。

強迫用詞：種類2

明白的（清楚地）

有目共睹的（明顯地）

明顯的（顯而易見地）

上述這些強迫用詞，強化了撰文者所提出的觀察或結論。他們會說：「這點對我來說是相當清楚的，而且對於其他有智慧、想法正確的任何人而言，也必定是如此。」很明顯地（你瞧，我正在使用它），對於那些無法提出有力之證據或堅實之推理過程來印證其結論的任何作者或演說者而言，這些乃是他們所最青睞的用詞。

強迫用詞：種類3

事實上

實質上（實際上）

上述這兩個用詞所傳達的訊息乃是：「對於我所使用的這個字彙，如果有任何情況顯示出它並不適用於這項事實的話，那麼這些情況其實都是毫不相干的；它是無關緊要的。」各位只需對實際使用到事實上或實質上這兩個用詞的少數幾種情況稍做觀察，就可以發現到撰文者是如何來靈活運用它們，以巧妙地避開可能會遭受到某些其他人對其遣詞用字提出異議的各種狀況。

否定的強迫用詞：對某種標示命名不表認同

此外，也有一小群屬於否定的強迫用詞，例如，所謂的、假定的（想像上的）及與它們同屬一脈的推定的（傳聞中的）。這些都是演說者對某種標示命名不表贊同的訊號。

例如，「對於這項事件——還有其他無以數計的類似事件——我們在傳統上所賦予它的名稱乃是侮辱。」但是當我們把所謂的、假定的加在某個詞句之前時，它所傳達的則是一種相當強而有力的否定訊息：「事實上（請注意此處運用了強迫用詞），這並不能算是一種侮辱。我（演說者／撰文者）對這個用字不表贊同，而且要加以駁斥，因為這個名詞並未正確地或適當地表示出這件事情。」

遣詞用字的功能2：評判

利用文字來表達我們的各種感覺

遣詞用字的第二種功能，則是表達出你對於自己所標示命名之事實的相關評判或結論。

由於在我們的日常用語中，允許我們使用不同的詞彙來代表相同的事情（這點在科學用語中則是不允許的）；因此，我們會有許多機會——而且也會有許多的理由——來使用某種能夠與我們的感覺相契合的標示命名。

各位可以參考以下各例句，它們皆以不同的名稱來代表相同的事情。

環境保護機構使用許多模糊不清的用詞來取代那些具有預示意味的用語：在談及「危險程度」時，卻變成了「風險程度」。某些環保機構的官員還建議將那些執行人員稱之為「依從協助的公務員」。（《華爾街日報》）

白宮的「危機處理小組」已被「特殊狀況小組」所取代，而這兩個單位其實都是由同一批政府官員所組成；之所以要將它重新命名，只不過是為了避免在每次集會時可能會對大眾造成恐慌。（美國新聞與世界報導）

在顧慮會造成一種與男性至上主義劃上等號的情況下，美國陸軍已取消「單身漢宿舍」這個用詞，而改為使用「未結婚人員宿舍」。（《華爾街日報》）

一位名叫伯特的智者就曾說過：「我們在美國政府中所需要的乃是一個『婉轉用詞的

部門』，由它來幫助我們去瞭解那些政客們所試圖不讓我們知道的究竟是什麼事情。」

當然，伯特的這段話只不過是一種戲言，因為這些「婉轉用詞」——或稱為「軟性用詞」（softeners），這是我對它們的稱呼——的主要目的，乃是要為那些本質上並非那麼美好的事情做一標示命名，使它聽起來不會那麼刺耳罷了。所有的字彙在與它們所代表的事物之間，都存在著一種取得關聯性的方式，而婉轉用詞則有助於讓這種關聯性變得模糊不清、甚至於將其破壞。

軟性用詞如何來發揮作用

如果你能謹記「人們並無法聽其言而知其意」這句話——他們只能夠做到同意（或不贊同）這些用詞所代表的事物——那麼你就已經朝向瞭解軟性用詞如何來發揮作用的路上邁進。要使一種婉轉用詞能夠成功地發揮其作用（亦即讓你的聽眾接受它），就必須讓聽眾在下列兩點上與你有著一致的看法：

1. 所談論到的事項或經驗，的確值得我們使用某種軟性用詞來對它做標示命名。
2. 這個特定的軟性用詞乃是適得其所的。

最容易獲得大眾認同（亦即已經被廣泛接受）的軟性用詞，是那些用來表達敏感、關懷及禮節的用詞。屬於這個範疇內的用語包括「逝世」、「上洗手間」、「做愛」還有許多和死亡、身體機能的代謝過程、性、身體或智力上的障礙，[1]以及會讓我們感到恐懼與迷惑的其他經驗有所關聯的用詞。我們對於這些軟性用詞的反應都是相當舒適的，也就是說，它們都已經在前述的第一點上獲得了極為廣泛的認同；因此，如果有人刻意不使用它們的話，那他這麼做的原因必定是要讓聽眾感到震驚與不安。

其他所有的軟性用詞，所能獲得的效果在程度上就不一而足了；通常來說，這種現象是因為在前述的第一點上存在著意見的分歧。舉例來說，許多軟性用詞所反應的，可能是某種特定的社會或政治觀點，例如，狀況不佳的年輕人（用來代替少年犯罪者）、藥物濫用者（用來代替藥物上癮者）、城市的某些角落（用來代替貧民窟或猶太人區）。但是，對於那些不接受此種看法之基礎論調（同樣地，請參閱前述第一點）的人而言，他們就會排斥這種遣詞用字，並爭論：「他並非狀況不佳，他根本就是一個少年罪犯。」

我無法告訴各位，你所使用的軟性用詞——或是任何的軟性用詞——是否能夠發揮功效，它完全是決定於聽眾及整個環境背景。當撰文者或演說者與聽眾之間的價值觀存在著越高的衝突或不一致時，則聽眾排斥這些婉轉用詞的可能性就會越高。換言之，當兩者間的價值體系越相似時，則這些婉轉用詞的成功機會也就相形提高。

我們可發現到軟性用詞的場合

所有的軟性用詞都是為了發揮相同的作用：藉由重新命名，它們試圖將聽眾的態度重新引導到它們所標示的這件事情上。除了前述各種敏感、關懷及禮節的場合外，它們還可能會出現在其他的某些狀況中（當然，你也可以考慮在這些狀況下來使用它們）。

▼工作與職務上的頭銜：都市運輸專家（亦即計程車司機）、烈酒商人（亦即吧檯服務員）、環境專家（亦即門警）、鼓吹者（亦即遊說者、活躍人物、擁護者）。

▼評價：夢想者（無法處理文書工作）、言聽計從者（沒有自己的看法）、不恥下問者（優柔寡斷的）。[2]

▼政府與企業的政策制定：在這方面，我們可以見到各式各樣，而且數量極為龐大的軟性用詞，它們是為了遮掩那些可能會引起聽眾不安的事實。那些進行裁員的企業可能會說自己只是在「縮減規模」、「追求最適規模」或是「重新賦予活力」。而政府部門則會宣稱將使用我們的「獻金」來「進行投資」；而對於這項理論之基礎不

表認同的人們，則是堅稱政府乃是把我們所繳納的「稅金」進行「重新分配」。

▼令人不愉快的、不希望見到的或是明顯的悲慘事件：負面的病人結果（死亡）、快速的氧化（核子反應器的失火）。

最不容易獲得效果的婉轉用詞，乃是前述的最後兩種狀況。這些婉轉用詞的使用，通常都是為了隱匿各種讓人嫌惡之政策，例如，最後的解決辦法、無法律效力的聲明（亦即謊言）、瓦解（亦即推翻）一個政府，以及以過激的傷害來除去（亦即謀殺）。

這些軟性用詞之所以無法發揮功效，是因為在前述第一點中（也就是在使用軟性用詞時，我首先提供給各位的忠告）存在著相當激烈的意見衝突。如果有任何人會被誤導的話，那通常都只有做出這類標示命名的那些人而已。這的確是一件令人傷感的事實；但是，語言卻能夠幫助這些人避開道德上的責任——如果這種責任只是存在於他們的眼中而不是深植於他們內心的話。

軟性用詞究竟是否應該使用？

這些婉轉用詞可讓我們以一種較為舒適的方式，來談論那些我們寧可不去涉及，但卻又不得不討論的事情。從另一方面來看，它們經常是充滿爭議而且成效不彰的。它們所可能產生的最壞結果是：它們讓語言與事實完全扯不上關係，妨礙了溝通傳達，並且引發出輕蔑侮辱與不信任。

有鑑於上述這些問題，你是否應該避免使用它們呢？你是否應該使用最直接的詞彙（除了在那些敏感、關懷以及禮節的情況下）？

作為一位有效的演說者，你應該想辦法在聽眾間引起一種特別的回應。而且你在每天的工作及各種專業性的活動中，事實上也將遭遇到可能需要你對自己的遣詞用字加以斟酌的狀況，以便讓它們緩和你不得不說的話所可能帶來的衝擊，降低聽眾心中的那種威脅感，或是將其反彈減至最低。

整個問題在於：人們對於這些軟性用詞已經習以為常，以至於這項策略通常都在他們的預料之內，而造成它的效果往往是事倍功半；如果這些聽眾對於所發生的事情早已心知肚明的話，他們很可能會變得更為冷眼旁觀，對你的動機更加感到懷疑。舉例來說，當我看到電話帳單上的附加費用這個項目時，讓自己忍氣吞聲顯然要比必須付出的額外費用來得容易多了——但是，我知道自己還是不得不付出較多的費用。

關於如何有效地運用這些軟性用詞，我所能夠想到的唯一辦法，就只有去瞭解你的聽眾了。如果你打算使用的軟性用詞中隱含著某些與聽眾所熟知的術語相去甚遠的涵義時，你就應該再翻開你的詞典，試著去找出其他的用詞（從另一方面來看，如果你所追求的是那種一針見血的快感，那你就必須想盡辦法去使用你所喜歡的、最直接的、毫無妥協餘地的字彙，但是別忘了要準備好對你的遣詞用字進行辯解）。

使用語言來做評估

遣詞用字在「評判」這項功能上的另一方面，則會與作為評估的敘述性用詞有所牽扯。在這種情況下，正確地使用一個字乃是代表著將你本身所做的評估、與某些特有的標準進行比較。舉例來說，「大的」這個單字，至少能夠傳達三種與「絕對大小」有關的不同概念：

大的昆蟲（是指長度超過一英吋的昆蟲嗎？）

大的狗（是指體重超過五十磅的狗嗎？）

大的象（是指高度超過十英呎的大象嗎？）

我們提出的這項問題，說明了同一用詞存在著某些定義、標準不一致的空間（對某些人來說，只要是長度超過四分之一英吋的任何昆蟲，就算是「大的」）。但是，我們對於自己所描述的一般大小，至少都會有一個粗略的概念。

評估用詞所面臨的問題

評估用詞所面臨的問題實在是有太多的狀況是沒有一種每個人都認同的標準。當某家公司對外發表一種「革命性的」新產品，一次「歷史性的」勞資合解，或是一項「史無前例的」合作計畫時，那些對此感到懷疑的人們可以振振有詞地反問道：「是與什麼來做比較？」。最後所發現的結果很可能是：與先前所發生的情況相較之下，根本就沒有任何不同。有鑑於此，這些評估用詞可能會有某些隱含的特質——新奇性或獨特性——是會與聽眾依據其本身經驗所得的結果不盡相同的。它只不過是一種究竟有多麼新穎的問題罷了——它是否真的新穎到適合使用「革命性的」這個字眼？

同樣的推論也可應用於顯著的、令人嘆為觀止的、成就非凡的、意味深長的、讓人側目的、相當可觀的、相對的，或是其他被用來評估其程度或重要性方面的任何用詞。如果你必須使用它們的話（例如，「我們在利潤方面已獲致顯著的增加」），務必要確定你的本文或是你的背景能夠提供讀者一項良好的理由，使他們同意你的說法；否則的話，你所得到的反應很可能是：顯著的？這對我來說根本就不值得一提！」

你所面臨的挑戰，乃是要確定你所使用的評估用詞能夠正確地表達出你的評價，而不會讓你的聽眾產生言過其實的誇大感覺。如果你自己都認為聽眾可能會覺得你的評估用詞並不恰當的話，那你就必須補充某些能夠讓聽眾對你的看法感到深信不疑的資訊。

充滿情緒性的評估用詞

這些用詞涵蓋了整個價值體系：倫理的（違背倫理的）、道德的（不道德的）、猥褻的、理智的（不理智的）、勇敢的、愚蠢的、自由的、沒教養的、俗不堪耐的、罪孽深重的、膽怯懦弱的……等。要想發掘出這些用詞的實際意義，很可能會讓你花費幾個小時、幾天、幾年、甚至於一生的時間來進行研究。

就我們的目的而言，其實只有幾項簡單的指示：還是同樣一句話「認識你的聽眾」。只有在下列兩種原則下，才使用這種充滿情緒性的評估用詞：

1. 你有把握能夠確立一種讓聽眾深表認同的定義，即使只是暫時性的或者只是為了便於討論，這都無妨。

2. 你知道聽眾都已經認同你的說法。

遣詞用字的功能3：距離

選擇那些能夠暗示出你與聽眾之關係的用詞

我們在此處所要談的，乃是將遣詞用字與你和聽眾之間的距離（亦即那種「社會距離」的感覺）做一連結。讓我們先由「公開的／私密的」及「身分」方面的決定來作為開始。你可以試問自己：

▼「我是否在和自己的朋友們，或是在和那些社交、組織上的同輩們說話？」

▼「我是否在發表一篇將會被許多陌生人，或是被那些在社會地位與組織地位方面都凌駕在我之上的人所聽到的公開聲明？」

你可以依據自己對上述這兩項問題的回答，來決定應該使用的遣詞用字。或者，你也可以使用另一種方法來做檢視：你的遣詞用字應該要能顯示出你對於上述這些問題所做的回答，因為你的聽眾很可能會希望由你的遣詞用字中，聽到那種你打算讓他們所聽到的方式來進行。

如何利用遣詞用字來作為「公開的／私密的」及「身分」的一項指標

我們擁有無數能夠用來對相同的事實進行標示命名，而且又能適用於不同場合之需求的數個詞彙，例如，薪津／報酬，前往／進行，開始／著手……等。有時候，其中的某個用詞在意義上會有一種微妙的差異，而更能貼切地表達出你心中所想要說的話。但是，運用於其他的事情上則是毫無差別的；當你選用較為冗長、聽起來較不具「日常口吻」之用詞的次數越為頻繁時，那麼你加諸於自己和聽眾之間的距離也就越遠。

如果你對於自己將傳送出去的訊息也不確定的話，就應該查對詞典。例如，「非正式的」與「口語的」這兩個標示，依據詞典中對於它們代表之意義所提供的導引（通常都是位於詞典中的導言部分），應該能夠為你指引出一個正確的方向。

遣詞用字與表現手法

對於那些較簡短、聽起來較具會話味道的詞彙而言，「人稱的」形式可以使其表現的相當自然；而「非人稱的」表現手法，則可讓那些聽起來較為陌生的詞彙獲得頗為自然的表現。因此，你應該確定自己在文法上與詞彙上所做的選擇，都能夠傳達出相同的訊息。

選擇那些能夠顯示出內集團成員關係的用詞

在一種平常的辦公室互動關係中，你可能會要求某人「簽署」某樣文件。當你在選用簽署這個用詞的時候，你就已經做了下列兩件事情：

1. 你已經在要求他的書面同意（這正是一種標示命名）。
2. 藉由使用代表「授與書面同意」的適當之內集團術語，你已經間接地提到自己在身為「白領階級企業文化」之成員時所受到的一般社會束縛。

是否需要對其修正，乃是由環境背景來決定。對於企業界的聽眾而言，這種企業用語是正確無誤的；但是對於那些企業界以外的人們來說，它聽起來或許就相當刺耳及不適切了。你可以要求公司內的同事「投入」，但在學術界中則只會要求同事們提出「建議」。

相同的情況也會出現在其他形式的各種俚語及專業性的詞彙上：遣詞用字可以表達出

你對於聽眾所做的各種強而有力之假設，以及你和這些假設之間的關係。有效率的撰文者會選擇那些能夠呼應，並且強化這些關係的用詞；他們會避免使用違反這些關係的詞彙。

瞭解方言或術語

在《華爾街日報》所刊登的一則漫畫中，顯示出某位主管正在向他的部屬說到：「費司特，你在這家公司中永遠都不可能有所發展，除非你能開始把『衝擊』這個字當做動詞來使用。」這是一件相當可笑的事情，因為從來都沒有人會這麼直接地告訴你，「如果你想要成為這個團體中的一份子」時，你應該以何種方式來說話；但是，你最好注意這一點，並且儘快地去揣摩出其中的道理。如果你打算在一個組織、企業、貿易協會、政府機構或是其他任何場合中進行溝通傳達的話，你就必須找出對那些你必須做出回答的人們而言，有哪些表達方式是最受他們所青睞，以及最讓人感到無法承受的，然後再據此做出適切的因應。

日常用語（俚語）

在《華爾街日報》所刊登的另一則漫畫中，則是某位深感苦惱的經理向他的下屬說道：「克爾頓，你是否可以用簡單的、直截了當的日常用語，將這份備忘錄再重寫一次？」

很明顯地，日常用語對於企業界與專業性的溝通傳達而言是相當重要的。但是，它們究竟是好的、還是不好的呢？這決定於你所使用的是哪些用詞，以及你使用它們的時機。

正如水可以載舟也能夠覆舟一般；一個日常用語可以強化你扮演一位溝通者時的有效性。因此，你必須視實際狀況的需要，來避免使用這種日常用語，或是有效地運用它們。

不論在任何狀況下，你都應該要能感知到一項事實：你所使用的日常用語，其涵義可能會是曖昧難解的——或你認定那是意象深遠的。如果你認為，而且你也覺得聽眾在聽到這些用語的時候，對於它們所標示、而且是你們都認同的某些事情而言，將會是一個讓人感覺不錯的用詞時，那倒沒什麼問題；但是，你如果是將它用來作為一種軟性用詞時（例如，以重組來代替解僱），那麼各位就應該遵循我針對軟性用詞所提出的相關忠告。

「正確地使用一個字」所指為何？

就這一點來說，各位應該要對於如何選擇正確的遣詞用字，擁有一種相當不錯的領悟才行。能夠符合下列各項條件者，才算是「正確的」用字法：

▼它以一種你的聽眾所能夠認同的方式，來象徵某種事實。
▼它以一種你的聽眾所能夠接受的方式，來涵蓋你對於這項事實的感覺及結論。
▼它傳達出與下列各點有關的正確資訊：(1)你和聽眾之間的關係（人稱的／非人稱的）；(2)進行這項溝通傳達的社交環境背景（公開的／私密的）；(3)撰文者／演說者／聽眾的群體成員關係。

如果你所使用的詞彙都能夠符合上述各項的話，你的聽眾必定不會對你的遣詞用字有所爭議。假如你認為某些讀者或聽眾可能會有不同意見時，那你就應該在自己的文稿中對你的決定加以辯護，即使只是簡短的幾句也好。從另一個方向來看，「誤用的」詞彙通常都是在上述三個領域之任何一項中的某種不適當的，而且是不需多加解釋的選擇所造成的。

在創意與平凡之間取得平衡

拒絕使用那些陳腔濫調，這是我們被告知的。

你應該讓自己所撰寫的文章中充充滿著新意與大膽。因此，在害怕自己的撰文會顯得虛弱無力及平凡無奇的情況下，我就是不願意去閱讀其他人所寫的文章！

——Nom DePlume

當你在檢查自己的遣詞用字時，你應該要能確定自己在創意與平凡之間，已取得某種平衡。

這項建議聽起來似乎與我們在課堂上所學到有關於不可使用陳腔濫調的說法有所牴觸。但是，**DePlume**先生卻提出一種有確實根據的看法：當溝通傳達中所使用的大部分詞彙及句子，都必須是由聽眾所能認同的詞句構成時，你又如何能避免使用那些陳腔濫調？

這個答案或許會讓各位大感驚訝，但它對我而言卻是相當有用的：你不需要去避免使用它們。你所需要的只是去瞭解它們，以便讓你能對它們的使用做出正確的選擇。

瞭解陳腔濫調

首先要提的是，有關於「何謂陳腔濫調？」這個問題，並無任何可一言以蔽之的答案。一些詞句在經過一段時間，不斷地被接二連三的撰文者重複使用後，才能夠被稱之為陳腔濫調。但是，目前並無任何所謂的「陳腔濫調控制委員會」，能夠告訴我們有哪些人是這方面的專家，以及有哪些觀念是屬於這類範疇（例如，「到一九九八年十二月三十一日止，以下的這些陳述都是屬於腔濫調……」）。

相對地，平凡乃是一種主觀的反應。它是在具備文學素養範圍日益擴大的許多個人，不斷地遭遇到有關於某種特定用詞的影響後，所產生的結果。就如同正確性一般，創意也是一種移動的目標。

其次，創意乃是一種文學的價值，這也是教師們為何會耽溺於其中的原因所在。但是，百分之百的創意性遣詞用字，不僅在日常的業務與專業性的溝通傳達中是不切實際的，而且也是無此必要的。

整個事實是：熟稔性並不是那麼地一無可取。以下僅列舉一些大家都相當熟悉的句子，這是我由一位著名金融機構之總裁的一篇演講稿中摘錄出來的：

處於危境中的物種

週一早晨的指揮

滿懷信心的預測

以一種藝術的形式來提出對……採悲觀的看法

一種信心的定律

使……成為可能

急欲填補空虛的感覺

愚弄、嘲笑、玩弄

激列的爭執

一種天地間的新情況

一種模糊的瞭解

你是否覺得這些用法不足為奇呢？我對於那種顯而易見的答案可說是心知肚明。但是，不妨讓我們先從另一個角度，來對各位所知道的結果做一檢視。該篇演說稿共計超過兩千五百個字。其中不僅包括了許多相當複雜難解的論點，而且也涵蓋了某些頗為艱難的科技議題。既然如此，那究竟是什麼原因，使聽眾能夠在整場演說中都全神貫注呢？簡單來說，就是那種多樣性（變化性）——亦即在可預知的與無法預知的這兩者之間所出現的一種交替現象。

熟稔性並非完全一無可取的另一個原因乃是和聽眾有所關聯。使用那些適合於演說者、聽眾及該主題的用詞，是良好表現手法的構成要素之一。這是一種可以增強撰文者、演說者與聽眾間之關聯性的方式。

熟稔性是可以相當強而有力的。具有共通性及強烈堅持的各種信念，例如，企業與團體的使命聲明，乃是每一次都會以相同文字來重複出現的。再舉另一個最為極端的例子，禱告詞事實上也都是一成不變的。

各位不妨回到一九八〇年代中葉，想想在美國貝爾公司這個新組織成立的第一天，Arch McGill 向每一位員工所昭示的備忘錄。不僅在當時的許多主要報紙中都以橫跨兩頁的篇幅來刊出這篇文章，而且在該文中也以各種正確的用詞，幾乎是將美國企業界的所有基本教義都清楚地表達出來，例如，動態的市場、對社會深具意義的貢獻、滿足顧各的需求、追求卓越、才幹／技巧／實行、高品質服務、高度競爭的舞台及其他的用詞。

忠告

首先，你在思考時應該超越如「平凡陳腐」與「充滿新意」之類的過份單純化之價值觀，並藉著在聽眾所熟悉及陌生的各種用詞與陳述之間取得某種平衡，以致力於追求最高的有效性。

特別是當你的文稿中包含了許多新的概念與主張時，使用一種附帶的試驗性與真實的陳述來對它們做一介紹、連結、說明及討論，乃是一種可接受的作法。但是，如果你所談論的主題素材本身就是廣為人知時，假如你能夠多花一點時間在你的詞典（或在你文書處理器中的電子百科詞典）上，來找出更多具創意的遣詞用字，以便讓它們來幫助你的聽眾能以一種新的方式看待這個主題的話，那你的演講應該就會顯得更為有效。

其次，就是要瞭解你的聽眾；對於那些能夠強調出你和聽眾所共有之特性的用詞，可採取較具策略性的運用。

第三，瞭解你的校訂者（如果有某人對你的演說文稿擁有修訂權力的話）；如果他／她認為有某些事情是平凡陳腐的話，或是對於某個日常用語抱持著負面態度的話，那麼你就應該避免使用它。

尤其是當你的校訂者（或是你所代筆的那個人）具有一種語言學或古典文學背景的話，你對於企業語法（例如，使具有優先權、時間結構、使結束等）的使用，就應該要比替一位純業務類型的人（例如，受過財務、工程、化學等訓練的人）代筆時採取更高的對立態度。

最後，如果你在討論到——甚或只是簡短地提及——某個組織的歷史、價值、文化或是使命時，應該要確定自己所使用的乃是那種傳統的、已廣被接受的用詞（關於這點，你可以查詢現有的各種文件來作為自己的準擇或範例）。

注　釋——

1. As of this writing (1997), American society is in the grip of a" political correctness" mania that has spawned a host of new softeners in this category. You'll want to be sensitive to the expectations of your audience, The trend has apparently peaked, as evidenced by the fact that it is now the subject of ridicule(e.g., a cartoon that assigns politiclly correct names to the Seven Dwarfs—Dopey becomes " Differently Intellectually Abled" ; Grumpy, " Poor Anger Management Skills").
2. Examples and translations are from a University of Southern California faculty memo

written to help members of a search commitree understand what was really meant in candidates' letters of reference (published in the July 1989 issue of *Harper's*).

第十章

傳送訊息

選擇你的支援策略

當你在準備講稿之際，應開始考慮在你將此訊息傳送出來時，需要的是何種支援。關於演說的支援，其關鍵點乃是：每一篇講稿中的資訊，不論是有形的或是無形的，都必有出處。即使是在你被要求發表一篇即席演說、提供一段完全未經事先演練的賀辭時，你都必須倚賴自己對該場合、該時機、接受祝賀者，以及賀詞的形式與長短，所具備的背景知識。

這種無形的幫助是相當廣泛的。對於那些經練老到、自稱並不需要任何草稿或備忘錄就能夠「口若懸河地」隨時發表長篇大論的政治或企業演說者，我對他們的表現的確留下了深刻印象，但絕不會被他們所愚弄。我相當清楚一件事：這些人有太多的機會來思考或談論他們的主題，因此他們的腦海中早就根深蒂固地存在著這些備忘錄——甚至像是在腦海中有著一捲錄音帶般，隨時都可強力放送；這些演說者們所要做的，只不過是將它翻到第一頁，或是按下「開始」鍵而已。

如果你對自己所要談論的主題並非那麼熟稔的話，那你就需要有形的支援。但是，你究竟需要多少支援呢？這方面的可能性不勝枚舉，它可以是一張能夠喚起記憶、啟動思緒的簡短索引表，也可以是內容繁簡不一的摘要書，甚至是一份鉅細靡遺的文稿。[1]你甚至還能準備各種混合式的書面資料：一份草稿加上各種可臨時穿插的內容，一套備忘錄再配合一份擬好草稿（或銘記在心）的開場白與結尾詞。

至於該選用何種方式，主要係決定於下列各因素：

▼你對於該主題的熟稔度。就像那些經驗老到的企業或政治演說者一般，如果你對於自己所要發表的主題與訊息都已經有相當深入的瞭解、而且也經過極佳的演練，那麼你只需要最少的支援就足夠了。然而，由於我本身所撰寫的講稿大部分都是屬於「僅此一次」的，因此我通常都會準備一份草稿；這是因為我對這些資料雖然頗為熟悉——但卻還不足以讓我將這些資訊完全融為己有。

▼你是否很容易怯場。怯場並不是一無可取的。約翰這位搖滾吉他手就曾說過：「它是一種讓我們不至於無時無刻都顯得愚不可及的自然方式。」[2]但是，如果怯場對你而言的確是一種傷腦筋的問題時，那你只要將支援的程度提高——若有必要的話，則藉助於一份完整的草稿以減低你神經系統的反應即可。

▼你在口語表達方面的流暢性。你只要聆聽一段交談，就可以發現大部分的人——包括你自己在內——都能夠在毫無準備的情況下，口若懸河地侃侃而談。但是，即使你知道自己對於這些素材並不熟悉，仍不妨試問自己：「在面臨壓力下，我如何能以一種符合邏輯的順序，儘量避免斷章取義及謬誤捏造的情況下，以一種非交談會話的模式，來組合出流暢平順、符合文法、內容完整而又深具意義的句子，並將它們一句接一句地串連起來？」當然，藉由不斷地練習，你將能學會如何達到這種境界。但是，你目前的答案如果是「並不怎麼好」的話，那你就應該考慮將自己的支援程度再做提高。

▼時間上的各種限制。在一種時間受到限制的情況下，你的支援程度如果能夠較高的話，那你發生偏離主題或漫天亂扯的可能性也會大為減低；相對地，你也能夠讓自己更精確地掌握主題要旨，並且更有效率地運用有限的時間。

▼你的主題是否相當精緻細膩。如果你必須將自己的想法精確地表達出來，並避免造成誤解的話，那你就應該考慮至少要對演說主題的部分內容準備一份草稿。

▼你的主題是否極具專業性。如果你必須對各種困難度較高的概念做一精確說明，或是必須建立各種複雜的觀念架構時，那你就得運用較高程度的支援，尤其是當時間

受到限制時更是需要。

▼對於中肯與說服力方面的需求。一篇必須要完成某些特定目標的支配性演說，與只是為了「分享極少數即興想法」的演說，兩者絕對是截然不同的。在準備一份草稿時所不斷進行的修改，將可幫助你發展出最有效的方式，讓你所傳送出來的訊息能被廣泛接受。然而，你不可能在第一次嘗試的時候就可以達到這項目標。

▼對於引用價值與永恆性方面的需求。如果你想要，或是期望自己的演說能夠被現場聽眾之外的其他人所引用或被完整閱讀的話，那你就可以考慮使用一份文稿，並在演說後發送出去，還有另一種選擇方式：將整篇講稿錄音，然後再將你所說的抄錄下來。

講稿撰寫如同演戲

切記，當你在選擇及設計你的支援策略時，我們所希望獲得的最終結果通常都是相同的：你希望產生一篇通順流暢、簡潔有力且前後一致的講稿，並且展現出一種即席談話式的自然風采（我在此處之所以會使用「風采」這個字眼，乃是因為即使是那些自認為口若懸河的演說者也很少有人能夠真正做到這點），便是一場戲劇表演的精髓所在；而且就某種意義來說，你在講台上的角色就正如一位演員般。

你正在扮演的角色就是你自己。你想要讓自己能夠成為最具說服力、最有效力的你。與保羅紐曼或梅莉史翠普等演員的表演所不同的，乃是他們在每一齣戲中都創造出全然不同的角色，而你的表演則更接近於凱文科斯納、勞伯瑞福、泰德丹森，或是史恩康納萊等人，這些人更像是在扮演他們自己，只不過是以一種適切的態度與情緒來為之罷了。除了這一群小範圍的演員之外，還有另外兩種的演藝人員也能夠對你有所幫助。

有效傳送訊息的關鍵：塑型

新聞播報員以及時事評論家，都可以說是極佳的模式。他們所發表之題材的激烈性較低，再加上他們在傳送出這些訊息時的情緒掌控（不論該篇報導是如何使人感到刺激，他們也絕不會嘶聲吼叫或是揮舞雙臂），都相當接近於你在任何情況下所應該展現出來的「你」。

因此，你應該觀察他們那種堅定的目光接觸、自信的態度，以及正確的語法。傾聽他們在改變說話節奏時所運用的方法，亦即當他們在強調較重要的、聽眾較不熟悉的用詞或片語時在語法上所做的拉長處理，以及在其他的部分中所採用的輕快靈活之陳述。尤其是要注意他們在將情緒傳達到他們的題材中，以及在傳達出他們本身對於這項題材所抱持的態度時，於語音上之細微差別以及面部表情。當一位新聞播報員在讀出有關於飛機失事的報導時，注意他的臉部表情，並將這種表情與他在報導其他「輕鬆」的事件時的表情做一比較。

著名的喜劇演員，以及脫口秀與競賽節目的主持人，也是相當不錯的模式。假如說新聞播報員能夠讓你知道如何來傳達一篇文稿訊息的話，那麼其他的這些演藝人員則可以向你展示出如何以一種能和觀眾們打成一片的方式，來表達並未事先擬好的草稿。

當然，我並不是要建議各位去仿效他們那些標新立異的風格或表達方式；我的重點乃是要你去注意他們如何來與觀眾或聽眾產生互動。你甚至於還可以將他們的互動技巧做出你自己的改良式運用；例如，「在座各位有多少人曾聽過……？請這些聽過的人舉手。」

此外，也請注意他們話語中的那種非正式性，當然，我所指的絕不是那種褻瀆不敬的話；而是說與我們在大部分書面文件中（以及在聯合國的各種妄自尊大的演說中）所見到的那些沉悶的正式文體相較之下，更適合於你大部分演說場合的表達方式。

如何將一份文稿的衝擊力傳送出去

依據一份文稿來做表達，並不見得一定是無聊而平凡的。各位只需運用幾項基本策略，就能夠讓你充分發揮一份文稿中所擁有的各種好處（例如，簡潔性、精確性、可保存性、組織上的清晰性及開頭與結尾的有效性），而造就出一場鉅力萬鈞、令人印象深刻的演說。

基本上來說，你所要做的與演員在研讀劇本時並無不同：確認你的角色與動機，然後再運用聲音上的各種特性、停頓及目光接觸，來傳達出你對於台下聽眾與你的訊息之感覺。

首先，對你的草稿進行檢視，並找出下列所述之一項，或是兩者均特別明顯的部分：

▼你所扮演的角色（例如，同僚，推動者，指導者，教師，領導者，好、壞消息的傳達者等）。

▼你對於自己演說內容所抱持的態度或觀點。

其次，在你草稿中符合上述條件的每個部分，都依據下列原則來加以標示：

▼運用標記來提供你自己各種「講台上的指示」，例如：

- 讓它們有一種驚人的或是了不起的感覺
- 上升音
- 讓聽眾對它們特別注意
- 主要的
- 感激的、高興的
- 和煦的、親切的
- 充滿希望的
- 懷疑論的
- 好奇的、迷惑的
- 對它們再次確定
- 張力，問題，挑戰
- 這正是其解決辦法

▼在本文的部分，則可以利用各種音調、停頓以及強度的標示，來補充及執行這些講台上的指示：

‧把那些對你所希望傳達的態度來說很關鍵的用詞強調出來；這種強調將會使你自己的注意力集中在這些詞彙上，並確保在傳送這些資訊時能以適當的語調來處理

‧利用符號來註明這些需要強調的部分

‧畫出各種簡易臉譜（如☺、☹）來作為表達情緒的暗示

‧利用符號來暗示各種適當的強弱音與抑揚音調」這些也可以提醒你將強弱音的範圍

■做一擴大，藉以避免那種單調乏味的情況

‧插入各種斜線符號來表示暫停，例如，／代表短時間的暫停，／／代表中等時間的暫停，／／／代表較長時間的暫停。這些暫停的情況應該是：

√在講稿中的每一項重點、原因、策略……之後。

√介於你所談論的各段落之間（當這種分界越重要時則暫停的時間也應該越長）。

√位於各種結論與「決定性議論」之後，藉由這種暫停來使聽眾有片刻的時間進行思考。

√在各種數字、複雜的觀念、驚人的數據，或當你以即興的方式在演說時，你覺

得必須要有片刻時間來做回想或整理的其他任何情況之前。

▼在標記的部分，對於你想要與聽眾進行目光接觸的時機，寫下「EC」兩個字。提示：當你是使用一種「你（你們）」的模式在進行演說時，應該要有許多這種目光接觸的機會。此外，當你要提出下一個重點、理由、實例、目標等之前，先低頭注視你的草稿，這是一種無傷大雅的舉動。聽眾會認為你已事先準備好各項重點註記，或是握有某些其他種類的支援文件。

現在，各位除了擁有一份草稿之外，還有許多如何將訊息傳送出去的說明。如果你能夠練習如何來執行你本身的各種講台指示，那你不但能有效地傳達出自己的用詞及觀念，而且還能夠將自己對它們的態度、你隱藏在它們背後的感覺，以及存在於它們內部的趣味，都有效地傳達出來。

演練與評估

我在此只向各位強調一次：練習。一而再、再而三的反覆練習，直到你在睡夢中都可以將它琅琅上口為止。而且要盡你所能地去使用各種的反饋技巧——例如，錄音帶、錄影帶、鏡子，當然還要有一位關心你、願意坐在那兒凝神聽你進行演練，並毫不隱瞞地指出你各項缺點的人。

反覆地練習可以：(1)讓你對自己的訊息做出精密的調整（練習只不過是組織過程中的最後階段罷了）；(2)幫助你把所要傳送的這些訊息深植於你的腦海中，藉以避免支唔結巴及怯場的情況發生；(3)幫助你確認出那些對你而言在發音上較為困難，或是聽起來與其他用字極為接近的詞彙；(4)讓你知道整篇講稿需花費多久的時間，以便讓你做出配合時間限制所需要的修正；(5)改善你對於這些基本資料的掌控能力。

以下所列即是一份核對名單：

頭部

√適當：以點頭或搖頭來確定及增強演說的內容。

×不適當：頻率過高的點頭（那將成為一種尋求認同的訊號而非強而有力的象徵）。

×不適當：抽搐、摸鼻子，做出各種神經質的動作。

眼神

√適當：凝視台下的聽眾。

√適當：運用你的眼神來「演出」你的本文內容（例如，當你在思考的時候可讓眼神朝上；當你在使用「你（你們）」的模式時讓眼神注視著聽眾；當你在考慮困難問題的時候讓眼神顯得有些困惑等）。

×不適當：長時間低頭凝視你的備忘錄或草稿（如果你有戴眼鏡的話，它將會出現反光的情況；你應該試著讓自己的頭部抬起，否則聽眾們將很難注意到你的眼神）。

×不適當：在聽眾之間遊走。

×不適當：長時間以一種茫然的眼神凝視著遠方。

×不適當：讓你的眼睛出現頻率過高的眨動等。

笑容

√適當：當陳述內容適合表現出笑容的時候（例如，在開場白中所引述的趣事、在談論到各種正面的事實時）。

×不適當：當陳述內容不適合做出這種反應，而你卻發出神經質的笑容（這會顯得太過於帶有追求認同的感覺）。

雙手

√適當：使用各種能夠展現出內容意旨的自然手勢，例如，趨勢（「獲利穩定地增加……」）；數字（「我們有四項主要目標……」）；整體的（「就這個組織的整體而言……」）；差異（「在……之間存在著一種尖銳的對比……」你可以使用「切割」或「劈開」之類的手勢）；指示（它就存在於這裡——在我們的組織中……）。

√適當：在講台上讓你的雙手自然地下垂（並使用其他的姿勢來做交替。例如，手上拿著某種小道具、鉛筆或指示工具等）。

√適當：使用適合於場地與聽眾的各種手勢（例如，在聽眾數量較少、空間較狹窄的場地中，則運用動作較小、較侷限的手勢）。

×不適當：斜倚在講台上。

×不適當：緊緊地捉握著講桌。

×不適當：使用各種細微的手勢（例如，當你將雙手放置在講台上時敲動著手指）或是不具任何意義的手勢。

×不適當：僵硬地把雙手放在身體兩側（但輕鬆地讓雙手置於身體兩側則無妨）。

×不適當：將雙手或雙臂交叉在胸前。

×不適當：表現出一種神經質的怪癖（玩弄著手中的小道具、指示工具、粉筆、麥克筆等；將雙手反覆地在褲袋裡伸進伸出；不斷地觸摸耳朵、鼻子、臉頰、臉部，以讓自己感到安心）。

聲音

√適當：讓強弱音保持在使人舒適的低沉音量中（這是一種權威性的暗示）。

√適當：藉由改變音調及強度來「演出」你的本文內容。

√適當：保持精力旺盛的音量（這是一種確信、力量的暗示）。

×不適當：以單調而無變化的音調來演說。

×不適當：輕聲細語、以極低的強度來進行演說（這是一種缺乏說服力的暗示）。

速度

√以你感覺舒適的速度來進行。

√重要事項：運用「緩急相互交錯」的速度（根據你演說內容中的重點，以及聽眾對你所傳達之用詞與觀念的熟悉與否，來改變你說話的速度；對那些大家都知之甚詳的資料，你可以使用輕快的速度來陳述，但是在遇到重要部分或不熟悉的內容時，則應該將速度減慢）。

√以策略性的方式來運用停頓，以達到分隔演說各個部分（尤其是在最後的結論之前），或是讓聽眾對某項重點感到印象深刻之目的。

發音／語法

√要想改變根深蒂固的習慣並非易事，但你卻可以試著將那些與你的聽眾所使用之語言型態不同的區域性或地方性方言中的濃厚訊號儘量減低。這項原則也可以適用於各種不具威信的發音（在你能夠辨認出它們的範圍之內）——它們將會減弱你的意象。

√避免使用各種毫無意義的遲疑用字與連接詞，例如，嗯、啊、那麼、所以……等。

身體

√保持輕鬆；以正面來對著你的聽眾。

√轉動你的身體是可接受的，尤其是在聽眾人數極多的場合中；但應避免如機械動作般地僵硬轉動。

√讓你的身體朝向聽眾稍做前傾也是可接受的，但要確定這種動作與你所說的內容能夠一致。

√你的姿勢應保持筆直、但要避免僵硬的感覺；身體不可傾斜（那是一種缺乏力量的暗示）。

最後的準備

不論你所使用的是何種支援模式，都應依據你所需要的字型大小將它列印出來；這在燈光不良的情況下將會極為有用。

當你在列印文稿時，不要讓任何一個句子出現跨頁的情況。你可以在中間插入空白間隔，以確保一個句子不會在陳述到一半時就必須換頁。

如果你的演說將在沒有講台的環境下來進行，那麼你就應該使用64K的卡紙將你的講稿列印出來（即使它是一份草稿）。它們在處理上要比單薄的紙張來得更容易，而且也更為顯眼。

如果你的演說場所中備有講台，那你可以將你的講稿列印於A4的重磅紙張上。它們不僅在處理上較為容易，而且也不會出現紙張附著在一起的情形。

當你在演說時，可以將最上方的那頁講稿輕輕地移到左邊（使用重磅紙可讓這個動作更容易進行）；千萬不要以手指去彈弄那些紙張。各位也可以考慮使用一種設計精巧的「演說盒」，你可以讓自己的各種支援資料達到幾乎是完全隱匿的地步（而且也可以將自己的講稿置於其中，隨身攜帶）。

最後，別忘了向聽眾彎腰行禮！

注 釋——

1. Of course, if you're a Toastmaster or an aspiring progessional speaker, you'll want to memorize your speech, or use the thinnest possible support. Yor can write a script in order to crystallize your ideas, sequence your material, and find the right words. Then, as you practic your delivery, you'll reduce your visible support to notes and ultimately to nothing at all.
2. Quoted in "Butterflies lurk everywhere among the glib and the dead," *Chicago Tribune*, Jan.25, 1987.

摘要

如何使你的演說中肯有力且讓人印象深刻

在此，我想要提出一份「額外的摘要表」，將我在前文中已說明過的所有內容、以及我認為和撰寫中肯有力而又讓人印象深刻的演講稿有關的其他重點做一彙總。

為何要用這兩個準則來描述我們要撰寫的講稿呢？

這個答案乃是來自於我個人的親身體驗。多年以前，在我們的初次面談中，有一位主管級的客戶將「中肯有力，印象深刻」這兩個關鍵用詞提供給我，作為我們即將撰寫的兩篇演說稿之目標。當然：我們都希望這些演說能夠深深打動聽眾的心，而且在演說結束之後仍會讓人銘記在心。這是由一位客戶口中所提出、彙總了修詞學之各項目標的評論。

這位副總裁將在為期一天的會議中，對他旗下最頂尖的一百二十位部屬做開場的致詞與結尾的講評。

他是一個不拘小節、親切和藹、相當聰明而又頗具幽默感的人。雖然如此，他所發表的大部分公開演說卻都是和預算的審查有關。我們要如何讓這種演說能夠做到「中肯有力，印象深刻」呢？

好吧，就像那位名叫歐藍多的義大利政客與政治家曾說過的：「修詞就像是賣淫一般，你必須要掌握一些小技巧。」

我決定自己必須做好萬全的準備，特別是因為這種場合並非光靠一些戲劇般的情節就可讓人感動到痛哭流涕的。

這是一個關鍵點：有許多中肯有力而又讓人印象深刻的演說，在撰稿時並不見得會具有特別高的挑戰性。它們是屬於我所說的「拍板論定」，亦即是因為它們的背景本身（例如，美國內戰時的某場戰役、某種緊急的社會需求、一項太空梭的探測活動、某個國家受到了外星人的攻擊、某種經濟危機等）具有如此中肯有力而又讓人印象深刻的特質，而使撰稿者在直搗該事件的核心時並不會遇到太多的困難。

當然，這並不意味著在蓋茲堡所發表的所有演說都具有同樣的效果。Whatzisname花了兩個小時來進行他的演說，所獲得的效果卻沒有林肯來得好。但是在這兩場演說中，背景與狀況則都是構成了「中肯有力，印象深刻」的要素。

當然，這並不是我們在此處所要討論的重點，因此我將自己在知性上的觸角儘可能地向外擴張。我回想自己曾撰寫過、曾閱讀過以及曾聽過的所有講稿。我想要涵蓋的不光是各種「內在性」——亦即和架構與內容有關的事項——而已，還包括了例如演說者的行為、聽眾們的融入性，以及演說者與聽眾間的動力等各種的「外在性」。

以下便是我所提議的表單：

強烈的論題／故事方向（最好是帶有懸疑性）

傑出的講稿撰寫人肯阿斯克讓我瞭解到這方面的重要性。他是文學方面的專家，而我所擅長的領域則是語言學。他個人曾經寫過一篇講稿，以極富表現力而又動人心弦的方式，詳細地說明了論題的重要性、張力與分析的重要性、問題與解答的重要性、以及能夠讓開場白獲得完美結束的結尾詞之重要性。

清楚明確的寓意／底線

聽眾印象最深刻的乃是他們最後所聽到的內容，因此，你如果能讓這部分成為他們所聽到的最佳內容時，那你就已經是在朝著「中肯有力，印象深刻」之路邁進了。你的結論對於你的聽眾以及他們的生活究竟具有何種意義？有哪些一般性的原則是獲得確認的（或是被駁倒的）？

強而有力的修詞

強而有力的修詞將能取得人們的注意，因此你應該謹慎地善用它們。大部分的企業性修詞在強度上都相當平凡，以至於只有極少部分能夠歷久彌新。從另一方面來看，大部分政治活動中所用的修詞，則又顯得過於激烈，以至於喪失了它的可信性。

簡單的「我為何會如此認為？」的解答／議論

或許你可以將那些至今似乎仍然不同的項目加以統一，或是將那些看起來並不調和的觀念做整合。或許你可以示範某種已經是可行的解決辦法如何應用於目前的問題上，或是說明那些看來相當陌生的事物其實是大家知之甚詳的；藉以降低它們帶給聽眾的威脅感，甚或使它們能夠廣受歡迎。或者是，你也可以透過聽眾已經深信不疑的某種原則，來印證某些事情的正確性。

用這種方法，你將能夠創造出一條快速又輕易的路徑（但它目前是看不見的），來達到自己所想要的某種目標。

個人的證言／經驗／趣聞軼事

我們大家都很清楚：聽眾們對於故事的喜愛程度是相當高的。但是，還有另一項值得使用個人證言的理由：它的真實性。當一位演說者在提及個人的親身經歷時，沒有任何人能夠對他／她所說內容的真實性提出質疑。

當我在為前文中所述的那位主管級客戶工作時，對於這一點就有著相當鮮活的體認。他想要對部屬們在工作領域上的一流專業表現致上他個人的祝賀之意。我要求他透過本身的經驗，來把自己想要對部屬們表示嘉許的各種特質詳細說明清楚——而他也這麼做了。最重要的一項特質便是：使他的部屬熬過特別艱困的某一年度的這種特質，也將使他們能夠順利度過人生歷程中的某些挫折與困難。就各方面來說，我並不認為這是一種巧合。

有效運用裝飾性的資料——引用句、幽默感、統計數字、歷史典故

就這一點而言，可說是不辯自明的。傳統上的忠告乃是「一針見血勝於長篇大論」、以及「瞭解你的聽眾」，我對此亦表贊同。同樣地，真實性仍舊是相當重要的；在使用這些資料的時候，很容易使人聽起來有虛偽造假的感覺。切記：在使用某些資料的時候，千萬不要只是因為它似乎相當巧妙而讓人印象深刻。你必須確定它真的可以強化——而且不至於偏離——你的主題。

真正有效的演說幽默感，並非來自於那些使用某些一針見血、讓人捧腹大笑之語句的冗長故事體笑話（它們通常都不太能發揮效果，部分原因是由於大部分人缺乏分辨它們的

能力，而部分原因則在於那些真正有趣的內容通常都是屬於限制級的，或是不切合該場合的）；而是來自於挖苦的、能讓人暗自竊笑的某些旁敲側擊式的語句，而它們則是源自於你的智慧與演說的現場狀況。

用各種口號及警句格言做總結——尤其是在結尾的部分

一個適切的口號或警句格言，可以成為一項強而有力、有助於記憶的工具。你所需要做到的，只是小心去避免讓整體的訊息被許多看似精巧的細節所破壞罷了。

我承認，在沒有妥善準備的情況下，我還沒有能力去善用那些格言警句。我試著以適當的概括性來將所有的重點做一彙總，並以一種押韻的、平衡的方式來表達出所有的事情；而且那些較佳的實例或許就非藉由格言警句才得以獲致其效果。

你或許有能力可以隨意就創造出一些警世良言。或者你正是湯姆士富勒在一七三一年時所發現到的那類人：「不斷地創造出各種的諺語，將使你本身就如同那些格言一般。」若真是如此的話，那就請接受我的稱讚。

輸入「強而有力的」隱喻或推論

這方面似乎是源自於瞬間的洞察力，但必須在你將整篇講稿都牢記在心、並且能夠想像出有哪些事物與你的主題相當類似之後，才有可能出現。以下便是一個此類的例子：

幾個星期前，我正駕車通過各位可能會將它稱之為「戰區」的某個區域。但是我對自己的安危卻絲毫不感到恐懼，因為我所經過的只不過是一個超級市場的戰區罷了。

事實上，它位於芝加哥北方的郊區中，在那裡，除了大家常見的各種外帶服務及速食通路之外，還有一家名叫Sunset 的地方性連鎖雜貨店。它在我們常見的超級市場之激烈競爭中，仍然屹立不搖、相當成功；主要是因為它僱用了少數的人員，專門負責在結帳櫃台替顧客們把購買的物品由採購車上搬下來，然後再將裝滿物品的購物袋搬到座車上。

各位可能會認為Sunset 在它的額外服務部門中，配有某種制掣機關，尤其是它最近才重新改裝及進行擴張；但是，以明尼亞波里斯市為根據地的Byerly's，現在也即將在同一地區開設商店，而且它們的店舖除了提供上述所有的相同服務外，還提供二十四小時無休的服務。

在此同時，當地的Dominick's（這是一家以芝加哥為根據地的大型連鎖商店）也增加了一個完整的「生鮮商店」，以供應各種剛出爐的麵包、產品等。

當地的珠寶商店乃是將Dominick's與另一家名叫Osco的藥局結合在一起；它們兩者之間並無實際的界線，你可以使用任何一家商店的櫃台結帳購物。

而且就在橫越邊界的下一個郊區中，另一家名叫FreshFields的連鎖商店，它所銷售的商品乃是以各種機能性及天然的食品為主，也即將開幕。

所有的這些商店，彼此間的距離都不超過五分鐘的車程。

沒錯，那個地區的確在進行著一場戰爭。傳統的雜貨店除了正在相互交戰之外，同時也在與例如BostonMarket之類的外帶餐廳以及Wholefoods與PeaPod之類的新競爭者激烈地競爭著。這是一場爭食消費者之胃的戰爭——爭奪整個食品消費市場的佔有率，不論是在家中，或是出門在外。

這場戰役便是我們這個行業所要面對的中心議題，而我今天所要談論的就是如何克敵致勝——藉著將焦點置於消費者的身上。當我們將目光轉向於事實之際，我們必須將焦點更著重於消費者的各種利益之上；唯有如此，我們才能讓這些人更頻繁地造訪雜貨店——並且在他們光臨時能夠享受到更貼心的服務品質。

以上所述，便是我要告訴各位的訊息之精髓所在。在我更詳盡地將所有細節逐一提出時，我將會談論到本公司（KraftFoods）目前所面臨的挑戰，以及我們已經學到的各種教訓；這就如同我們必須將目光轉向事實一般。我希望今天所要討論的這些內容，對於那些尚未完全捲入這場戰爭的公司來說，能夠有所助益。[1]

我對於隱喻這個部分並非那麼地富有創意。上述這個例子的有效性並非來自於所做隱喻的逼真性（「商場如戰場」並非什麼新穎的形容用詞），而是來自於能夠抓住那些事不關己的聽眾們之想像力的方法，以及來自於在超級市場與戰場之間的那種對照法。

我對於相關語或俏皮話相當拿手，因此我傾向於使用那些已經存在的隱喻來作為開始，然後再依此來構築各種相關的看法。

在我所撰寫的一篇講稿中，我先是以討論「政治風景」來作為開始，然後再導入這種景色中的「錯誤排列」，最後才談到它所賴以為基礎的「地層結構」。

各位也可以運用各種相關的軟體，來幫助你產生各種的想法，並據此來將它們轉換為相關的隱喻或推論。

聽眾的融入感

一般而言，聽眾在演說中都是相當被動的，以至於只要存在著些許的牽扯、就有助於讓聽眾對這場演說感到印象深刻；這只是因為人們在其記憶中能夠「記住」這場演說，並把某些在演說中所實際發生的事情與他們日後的經驗串連在一起罷了。

你可以挑選某些個人或某些群體，來印證這項事實（就如同前文中那位企業主管在其演說中所做的一般）。

你可以運用一些小道具或實際的方法，如聽眾的認同回應、舉手表示認同或是鼓掌等（這也是那位企業主管所採用的方式，讚揚他的屬下並慫恿他們為自己的表現鼓掌）。

在一場演說中，還有另外兩種形式可用來增加聽眾的融入感：一種強迫性的「它對我有何意義？」之底線，以及一種明確的「我知道各位是來自於何處」之訊息。在各種產生人際牽連的關係中，這些作法可以引導出兩種最為強而有力的根源──感情融入與利益。

運用適當的手勢及情緒來洗練地傳送訊息

關於這點，我相信是完全毋庸置疑的。我之所以將它包含在這份表單中，純粹是為了達到更佳的完全性而已。雖然如此，對我們這些身為代筆者的人來說，要說服我們的客戶去相信這的確是一件不容忽視的事情，有時候還真是一項頗費唇舌的挑戰呢！

現在，各位都已知道這些基本的構成要素。它們並非在每一篇演講稿中，都能夠全部發揮效用。但是，只要你所利用的要素越多（而且正如我再三強調的：適當地使用它們），那麼你的演說也必將更為中肯有力及讓人印象深刻。

注　釋——

1. "ECR: From Vision to Reality." Keynote address by John Bowlin, President, Kraft Foods. at the general session of the annual Efficient Consumer Response (ECR) Conference, Chicago, IL, Mar. 15, 1996.

結語

最後的幾句話

就如我在前文中所提過的，你不能在完成了相關訊息的傳送之後，就此罷手不管。你還必須要有一些告辭的禮儀形式。而這點也是我在這最後的簡短篇幅中所要告訴各位的。

我希望藉由一項當我們被要求以某種特定的方式來做某些事情的時候，幾乎是每個人都會質疑的基本問題：「為什麼？」而把我先前所說過的所有事情，都歸納於一個較大的背景環境內。我在此所提供給各位與良好溝通傳達有關的各項原則，為什麼會與你們曾經被教導的某些其他事項背道而馳——或者事實上，與任何可能的其他原則都不盡相同？

答案是：發表演說乃是一種行為的形式，因此，良好演說的各項特色也可說是良好行為之各種原則的特定版本。

目的與選擇

一篇良好的講稿在其目的上必定相當明確。它只會將那些與撰文者的目標及聽眾的需求有所關聯的題材涵蓋在內——而不會存有其他的內容。

同樣的，在我們的日常生活中，我們不應該會對自己的各項動機感到茫然不解；而且也不應該會以毫無關聯的用詞或行動來辱罵或誤導其他人。

安排／一貫性與可聽性／經濟配置

在所有的傑出講稿中，都會以一種能夠反應出演說者之思考過程的合理順序，來對它們的主題資料做一安排；而且這種安排的本質，由他所提供的各種訊號中就可以相當明確的看出端倪。

一篇良好的演講稿必定是相當明確而且前後一致的。它絕不會有曖昧不明的現象存在。聽眾能夠輕易地——事實上是毫不費力地，瞭解所有句子的涵義，並且領悟出某一句話與下一句話之間，以及每一句話與整篇講稿之間的關係。在這種情況下，聽眾的所有注意力與理解力，都可以全部集中於這些訊息的本身。

一篇良好的講稿也會符合經濟配置的原則；它會讓語言的各種資源獲得最適切的運用；它絕不會毫無目的地一再重複；而且也不會使用超出於實現撰文者之目標及滿足聽眾之需求所必須的文字。

基於同樣的理由，在我們的日常生活中，我們也應該避免對其他人的時間及注意力，做出任何不必要或不適當的過分要求。

表現手法與遣詞用字的適切性

傑出的講稿撰寫所選擇的那些遣詞用字及文法上的形式，必定會適合於聽眾的感受性、撰文者的目的及溝通傳達的表現手法與要旨。

而在日常生活中，我們也應該嘗試將這項原則儘可能地延伸，讓其他人在接納我們的同時，也能夠享有他們本身的各種期待與偏好。

說真的，傑出的講稿撰寫與美好的生活其實是並行不悖的。因此，我衷心地希望各位在這兩方面都能獲得充分的發揮。

範例

合而為一

練習本書中的各項策略

現在，就讓我們針對一篇完整的演講稿，詳細地從頭到尾做一檢視，來看看如何應用本書中所提到的各項原則。這篇講稿的題目是「透過革新，獲得進步」這是一篇由牛皮紙通用食品公司的副總裁羅勃特，於一九九二年四月三日在賓州州立大學所舉行的一九九二年「未來工程技術領導者會議」中所發表的一篇有關於基本政策的演說。

晚安！……我首先要說的是：我很高興有這個機會與諸位未來的領導者在此共聚一堂。除了「透過革新，獲得進步」這個主題外……我實在很難再想到任何更適於明日的領導者加以深思的其他主題……因為，讓我們面對這項事實，就某種程度而言，在座的各位勢將成為你所置身之社會中的領導階層，也必須負起整個社會之進步的重責大任。[1]有鑑於此，我認為藉由提供各位一些與何謂「革新」？……我們為什麼需要它？……我們該如何獲得它？……以及你如何能幫助它發生等有關的看法，或許可以幫助各位做好扮演這個角色的準備。[2]

首先，就讓我們來談談某些有關於「革新」所指究竟為何的觀念。[3]回溯十九世紀末與二十世紀初時，有位偉大的德國化學家，名叫強生拜耳。他在科學方面做出了許多的貢獻，並在一九〇五年時獲頒諾貝爾獎。[4]某天早上，拜耳走進他的實驗室，發現他的助手建造了一個相當精巧的機械式攪拌裝置，它是利用水力渦輪來運作的。這位教授被眼前這個複雜精密的機器所深深吸引，並把他的妻子露絲由他們所住的隔壁公寓中叫了過來。很長的一段時間裡，露絲只是一言不發，以充滿讚賞的眼神目不轉睛地注視著這個裝置。然後，她突然驚歎道：「用它來製做蛋黃醬，這個主意真是太棒了！」

在此，我們可以發現一項基本的差異：這位傑出教授的學生們乃是發明者——但是他的妻子則是革新者。就如彼得杜拉克[5]所言：「最重要是，革新與發明是不同的。它是一個較偏向於經濟上的、而非科技上的術語。革新的標準在於它對整個環境所造成的衝擊。」根據杜拉克的看法，革新乃是「賦予各種資源具有創造財富的能力」。

但是，發明與革新並不見得會同時出現。事實上，假如你對科學的歷史做一詳細檢視的話，你必會發現到：某種新觀念的運用，常常都會與這項觀念的本身有著時間上的遲延；這段時間也許是許多年，有時甚至可長達數個世紀之久。

原因之一可能是：各種可作為支援的科技在當時尚未存在，而使該項發明無法完全展現其功能。[6]五百年前，達文西就已經構思出一種可飛行的機器……一種具有防護裝甲、配備完整火砲的戰車……一種可攜帶式的橋樑……一種可以像現代的機槍般連續發射的手槍……各種戰艦……以機械方式推進的裝甲車輛……甚至於一座「理想中的城市」——當然，他並不曾將這些東西建造出來。

讓我們打個比方，例如，各位已經創造出某一種的原型。[7]但是，這並不代表著你就能夠將它轉變成一種具有實用性、可發揮功能、並在市場上加以銷售的裝置。它通常都必須藉由於其他某些人之手才得以實現，而且很可能只是舉手之勞地稍加修正而已。[8]於一九四七年時，電晶體就已經在貝爾實驗室中被發明出來。然而，直到一九五六年時，才由新力公司在美國銷售出第一部的電晶體收音機。就在同一年，一家名為安帕克斯的美國公司也推出第一部的錄放影機；但新力公司將這項設計加以改進，直到一九七五年時才推出屬於該公司的機型。

如果革新是緊跟在發明之後就出現，[9]那麼社會與經濟的狀況必定也會受益無窮。在布拉格斯於一八九四年發明出他的加法機器之前，我們就曾擁有過許多種的舊式計算裝置。但是直到那時，整個時機才是最適合的。商業與工業已變得相當複雜，而且布拉格斯的發明很快地就被製造成商業化的產品，並使無數人得以由計算的痛苦深淵中跳脫出來；而這也正是發明者所希望達到的目標。

但是在十九世紀初期，一位名叫居里斯的天才就已構思出（甚至已完成部分建造）一部相當讓人驚異的資料處理裝置，他將其稱為「分析機器」。在當時，幾乎不曾有人見過居里斯這項精心傑作的實際運用。直到第二次世界大戰，當軍方人士必須迅速地計算出各種小型武器之槍彈彈道時，第一部真正的電腦才出現；而且在結構與功能上，這些電腦都與居里斯的分析機器有著令人驚訝的相似之處。

因此，我們擁有了發明……而且我們也擁有了革新。[10] 而革新也就是導致進步的基礎。李維特，他是《哈佛商業報導》的編輯，[11] 他曾說過：「就如同精力乃是維繫生命的基礎一般，各種點子也是革新所賴以產生的根源；因此，革新乃是所有人為改變、改善及進步的重要火花。」

對於所有國家，甚至是人類的未來而言，革新為什麼對其成功與否扮演著如此休戚與共的角色呢？[12] 因為它乃是創造財富所不可或缺的原料；其他的所有事情，只不過是將我們已擁有的事物重新洗牌、重新分配罷了。這就如同你可以利用槓桿來使你所能運用的力量獲得急劇增加一般，革新也能夠提高生產力、刺激經濟成長及增加財富。[13] 在一個所有事物都有其價格的世界中，科技的革新——雖然在沒有成本支出的情況下是不可能做到的——仍舊是一種經濟上最接近於免費午餐的事物。[14]

我所說的，並非僅局限於諸如汽車、電話或是電腦之類的現有各種革新。古代的希臘人就已經提供給我們槓桿、楔形物、滑輪及齒輪。而事實上，在西元一世紀時，亞歷山大港的英雄荷魯夫就已經發明了一種投幣操作的販賣機，以用來施與聖水！在西元六到十五世紀時，就已經有了馬蹄鐵與馬鐙的使用，這使得運輸與戰鬥都出現了革命性的改變……而且煙囪的出現，不僅有助於家庭的炊事，並讓我們可以收到聖誕老人送來的禮物。而優秀的中國人則發明了火藥、羅盤及紙張等。

我要說的重點是：有許多目前對我們來說似乎是最為現代化的巧妙裝置……事實上已對人類的進步產生了一種意義深遠的影響。我們現在所享受到的各種財富、舒適及生活水準……乃是建基於數千年以來的革新；其中有許多在目前看起來都顯得毫不為奇，以至於我們很難去想像曾經有過一段這些事物並不存在的年代。[15]

但是，每一世代的人們都做出了他們的貢獻，就如同各位也將做出你們的貢獻一般。[16] 既然各位已經知道一些有關於「革新」究竟是什麼的概念，應該也就能瞭解到：獲得某些有關於在整個社會、在各個組織及在每個單獨的個人中，革新是如何發生的概念，也是相當重要的。[17] 在此我將只對前述兩者稍做討論，而把主要的重點放在第三項；因為當你想要對各個組織與整個社會造成影響時，這或許要花上相當長的時間；但就你個人來說，有些事情是各位能夠立刻就做到的，而這也將有助於讓你成為革新者，當然，亦有助於讓你成為明日的領導者。[18]

至於「在一個社會中帶動革新的因素究竟是什麼」這個問題，可說是一個相當棘手而沒有任何人能夠對此提出一種明確答案的問題。[19] 在回答之前，你必須要擁有許多傑出的觀念，再加上一種能夠讓它們獲得發展的環境才行。因此，一個社會的教育程度……它對於承受風險的意願……它對於宗教與政治結構的包容力……以及它對於各種新觀念的普遍開放性——這些因素都可能會與此有所關聯。甚至於良好的飲食營養及財產權等各種多樣化的因素，都可能會扮演著某種相關的角色。但是，當所有的這些因素都匯集在一起時，你就要注意了！[20] 在古希臘及文藝復興時代所出現的情況，或許並不能用巧合來一語帶過，當時除了在科學方面、而且在文學與藝術方面都有著令人驚異的明顯革新。

當然，戰爭也是一種巨大的動因，它不僅為整個制度帶來一種衝擊，也是一種追求生存的革新力量。

就如我先前所提到的，戰爭幫助了有史以來第一部現代化電腦的產生。在此之前的數十年，也就是第一次世界大戰，促使德國人發現一種新型的海上推進系統，亦即一種可取代明輪的裝置，他們乃是由螺旋驅動、衝力推進的推進器。這項概念在大約一百年前就已經被大家所知道（而且螺絲的使用還可追溯到古希臘人時代）……潤滑油與各種原料早已存在，但那些工程師卻從不曾擁有過一種如此強而有力的動機，促使他們將這些東西合而為一。當然，最典型的例子就是那項為了贏得第二次世界大戰最後勝利的曼哈坦計畫；這項計畫創造出原子彈，並且改變了歷史的進程。

對人們之生活水準造成最強烈影響的各種革新，包括我先前所提到的那些，都在一本內容相當引人入勝，於去年才出版的名為《財富的槓桿》這本書中被加以探討。該書的作者喬莫克里主張：並沒有任何一組單獨的狀況，可以對科技上的革新提供保證。而且他也提醒我們：進步絕對不能被視為一種理所當然之事，因為事實上存在著許多反對它而且堅持現狀的強烈勢力。21

現在，就讓我們來看看在中國所發生的實例。在西元一四〇〇年以前，中國擁有全世界最先進的文明。早在哥倫布出生以前，中國人就已派出每艘船上配置有五百名船員的龐大「寶藏船隊」，前往波斯灣與東非地區。其中的一支遠征隊帶回了一頭長頸鹿，這對於那些重返到北京的人們而言，可說是某種文化上的震驚。這些船隊帶著他們一路前往西非與歐洲，而且在運用了他們的所有發明與革新之下，這群中國人得以接觸到正在歐洲地區發生的工業革命。

然後，在毫無預警的情況下，整個事件卻就此結束。而且沒有人知道其中的原因究竟何在。22我們所知道的只是：中國政府原本著重於各種發明與革新，而在某些原因之下，它卻喪失了對科技進步的興趣。那些官僚政治下的官員們，也可說是維持現狀的守衛者，在整個局勢中佔了上風；他們決定將整個帝國的財富都投入於公共土木事業的各項計畫上，它將可改善該國廣大農業人口的生活——這就是整個事情的癥結所在。23因此，在科技上的領導權也開始轉移到西方文化中，而這種現象就一直持續到現在。

我們已談了許多有關於革新究竟是什麼的話題……以及那種具有傳導力的社會環境。現在，就讓我們把焦點做一集中，並將其置於各種企業組織上，尤其是針對那些在人生歷程中至少會有部分時間，甚至是一生都鑽研其中的各種以科學及科技為基礎的公司上。這些公司應如何來進行組織革新呢？[24]

就讓我先以一種對照的方式，開始回答這個問題。我要請各位先想想在籃球隊與橄欖球隊之間的不同，來作為在管理上各種差異的一種象徵……至於「管理」，我所指的只是那種能夠讓事情順利完成的最有效的人類才智之匯集罷了。[25]傳統上來說，美國式的企業在運作上就有如橄欖球隊一般——但是，自從九〇年代以來，籃球隊的模式已然成為管理上的一種風格。

在橄欖球隊中，我們可以發現到球員的功能有著頗為狹隘的專門性——中堅球員、後衛球員、扭抱球員、甚至是特殊化的隊伍。只有位於某些位置上的個別球員，才會傾向於具有可相互變換的角色。但是在籃球中，所鼓勵的則是一種普遍化的技巧：雖然某些球員的拿手絕活是在於投射、運球或是其他方面，但每一個人都必須要會閃人、運球、射籃、防守及爭籃板球。

在橄欖球中，所有的球員於每一回合後都會暫停並重新集結，而且會由其中的某位球員或是教練，來決定整個隊伍接下來要做的是什麼。但是在籃球賽中，由於它的動態性太高，以至於根本就不允許在規劃與執行之間存在著僵硬無彈性的分隔；而這點則是橄欖球對在集合所有球員時所要做的主要工作。每個隊伍都會準備許多不同的比賽戰術，但是你卻無法在每一種情況下都完全倚賴於這些戰術。

此處要告訴各位的重點是：在這個科技快速進步且全球競爭日趨激烈的世界，各位若想成為主要的革新者，那麼，在我們自己所置身的產業界中就必須學會快速地進步——也就是說，不斷改善我們的產品，而最重要的則是改善我們的生產過程，使其在越來越短的時間結構下得以完成。

而在這麼做的時候，我們就必須表現得更像是一支籃球隊，而不是橄欖球隊。我們必須將專家與通才、管理與運作、規劃與執行做一整合，更明確地說，[26]就是我們必須將人員由某項工作轉移到另一項職務上，以提供他們廣度……我們必須確定人員在他們所能處理的範圍內擁有足夠的自治權，而且我們也必須儘快地將那些似乎不錯的點子付諸於行動；換句話說，我們必須要避免因為分析所造成的停頓。

不過，這並不是組織革新的唯一方式。[27]另一項途徑則是組成各種交互功能的團隊，這乃是曲棍球隊中所使用的方法。

我可以提供各位一個最近才在牛皮紙通用食品公司中發生的實例，那就是我們的無脂產品之開發。工程人員在這項開發中扮演著一種關鍵性的角色；不僅是在該產品所賴以為基礎的所有過程中，而且也包括了產品本身。

我不能過分強調工程人員的重要性，這就如同在座各位可能是來自於其他專門學科之某個團隊中的成員一般。在任何的企業或組織中，交互功能的團隊合作可說是一個具有革新能力之組織的標誌。

要達到團隊合作，必須靠整個組織與每個人……才得以竟其功。對於那些在不同功能之間很自然就會形成的各種障礙，一個公司必須要認清跨越它們所具有的重要性；它必須強調並且鼓勵團隊合作。

但是，在達成這種團隊合作的目標時，在座諸位也都扮演著舉足輕重的角色。各位在其他學科上有所專長的同事，或許無法瞭解你所說的科技詞彙，甚或無法理解你對這個世界的看法——但是，你仍必須針對每個人都付出某種重要貢獻後才得以完成的計畫案，來與他們共同合作。

當我們在對無脂產品這個領域進行開發時，產品工程人員必須與市場行銷人員、財務專業人員、工廠及營運人員等相互配合。事實上，正是由於這種籃球隊式的共同努力，才得以讓這些革新的產品如此快速地進入市場中。

在組織革新時，我們也必須[28]儘可能與顧客維持著密切地接觸……因為唯有如此，我們才能夠知道在我們的所有發明中，何者才具有成為一種實際革新的潛力——也就是說，一種有用的、可供銷售的革新。而且我們也必須藉由長期性的實行各種科學與工程計畫，來讓我們的科技基礎保持在強而有力的狀態下。

交互功能的團隊合作、一種快速突破的籃球隊之執行風格、一種對顧客的瞭解及尖端的新進科技：這些乃是我們在牛皮紙通用食品公司中所使用的四項革新原則。29

其他的公司也有他們本身所使用的各種方法，來計畫與組織革新。3M 就以幾項簡單的原則為基礎，而在這方面擁有一種相當傑出的記錄：該公司讓每一個部門都維持著小型的編制（事實上，每個部門的經理都必須知道屬下所有員工的名字）……他們鼓勵實驗並且包容失敗（每個部門的目標乃是在其銷售額中，必須有百分之二十五是來自於過去五年內所開發出來的產品）……他們將內部所發展出來的科技、與整個公司中的所有同仁共同分享……而且他們的研究人員、行銷人員及經理人員，都必須與顧客共同努力，來集體研討出各種嶄新的產品點子。

惠普科技公司則鼓勵它的研究人員將他們十分之一的時間，花在自己最得意或最喜愛的各種計畫案上——並允許他們全天都可進入實驗室及使用設備。惠普也提供它的研究人員們時間與各種資源，來完成各種高風險、高回饋的計畫案。

我要告訴各位的重點乃是：可能的事情實在是太多了。如果各位所置身的是一家能夠與我所提到的任何、或所有事情相互一致的公司時……那麼你就已經是處於一種在計畫組織革新的環境中。[30]

現在，就讓我們再把焦點做進一步地縮小，讓我們來談談各位。[31] 讓我們來談談在個人層次上的革新……因為就在你們朝向革新之路邁進時，將會發現到造成革新的並不是社會或組織，而是人員。因此，當在座諸位以一種個人的身分存在時，你在訓練自己成為一位革新者這件事情上，又能夠做些什麼呢？

首先，我要建議各位的乃是培養你的廣度。讓自己成為一位一流的專業人員，但也要讓自己成為一位通才。讓你自己就像是一位傑出的外科醫師般，但也同時擁有成為一位普通開業醫師所應具備的廣泛知識。當然，對於那些具有強烈功能性的專門技術，它或許是無法取代的。但是，對於這些工程人員來說，由於他們在功能上變得太過狹隘，以至於他們並不具有革新的能力，這種情況也是極有可能發生的。這些人或許可以成為偉大的發明家，但卻是相當拙劣的革新者；只因為他們所涉獵的範圍太過於狹隘。

因此……即使在知識上是呈等比級數般地提升，整個關鍵仍在於當你對自己周遭的世界保持著一種寬廣視野的同時，還必須對你的主要學科（或次要學科）來發展更深入的功能上之技巧。就我個人而言，對於革新的過程以及緊跟在革新之後的進步，這點可說是成敗攸關的。[32] 為什麼呢？[33] 因為在大學殿堂以外的這個世界中，知識的應用與知識的取得相較之下，前者在劃分的程度上要遠低於後者。針對一項問題來找出某種革新的解決方案，可能需要你運用到來自於兩種、三種、甚至於更多種不同領域中的概念及洞察力，才得以竟其功。

歷史一再地向我們證明，革新乃是來自於由某種學問橫跨到另一種學問中……或是在某種科學或科技的領域，與另一種領域之間加以連結後才造成的。事實上，彼得勃特恩這位電腦雜誌業者便引述了羅格温在他於一九八三年所著之《在腦力方面的一記重擊》[34]這本書中的一段話，他說到：「在科學上所出現的大部分進步，都是當一個人基於某些原因而被迫改變鑽研領域時才發生的。」

你甚至可以主張這是革新之所以發生的唯一途徑。[35]關於在某種領域中的科學家們會採用完全嶄新的應用範例、一整套全新的假定與方法來檢視所有事情，湯馬士乃是描述這種情況是如何及為何會經常發生的第一人。[36]以下便是湯馬士所說過的話：

> 在正常的情況下，那些專注於研究的科學家並不能算是一位革新者，他只是各種謎團的一位解答者罷了；而他所專注的這些謎團，只不過是那些他認為在既有的科學傳統或慣例內，能夠將其陳述並加以解答的事物。

換句話說，通往專業性之成功的正常路徑「激勵」了，甚至可說是「迫使」特殊化的形成。

但是，真正的革新者對此論調並不表贊同。

那麼，各位能做的究竟是什麼呢？關於這點，我必須說：這完全是操之在你，不論是在你接受正式教育的過程中或是在此之後，去找出能夠讓不同學科互補不足並相互補強的各種方法……去學習、而且是越早越好，由各種系統的角度來做思考，去找出在某種學科與另一種學科之間的那些「脈絡網路」及那些「連結組織」。

而且，並不只是由某種學科的領域猛然進入另一種學科的領域中……或是由某種科學的領域突然跨進另一項科學的領域內……而藉此幫助你成長為一位革新者。你應該要對整個世界具有一種更為寬廣的視野。37

問題在於：有太多的工程人員對於僅侷限在他們狹隘的工程領域這個小世界中，感到樂此不疲……對於那些與工程無關的事件，例如，伊拉克這個國家中、或是在太空中、或是在某部電影、戲劇、或小說中發生了什麼事情、他們完全漠不關心。葛瑞，他是某家廣告代理商的創辦人，就曾說過下面這段話：

> 一個具有創意的人，會想要成為一位無所不知的人。他會想要知道各式各樣的事情：古代的歷史、十九世紀時的數學、現代的製造技術，插花藝術、並且對各種未來的事物表現出需求若渴的態度。因為他永遠無法知道這些觀念在何時才可能被聚集在一起，而形成一種嶄新的觀念。在整個過程中，它或許會出現在六分鐘之後、或是在六

個月之後、或是到六年之後。但是，他充滿著信心，知道這種情況必將出現。

就目前而言，我們不可能確定是哪些刺激與輸入量的組合，才能夠對你個人的個性與智能造成催化作用、而產生出革新……而這也正是你必須讓自己所吸收的事物儘可能寬廣為什麼會如此重要的原因所在：閱讀如《沙丘》、《時代》或是《大西洋》等雜誌……或是聆聽爵士樂……或是在週末下午打打網球。各位或許會問：網球與革新又有什麼牽扯呢？[38] 可能是毫不相關，或者它只是讓你的思緒得到片刻地解放罷了，或許它可以讓你思考在網球場這個單純而又不曾有所改變的幾何平面中所可能出現的無限可能情況……或者是其他任何的事情。

三十年前，我對於他們為何要我修習英文作文與英文文學的課程一直深感不解。但是現在，我知道其中的原因了。我真希望自己當初所學到的是比目前所知的還要更多。作文可以改善我在溝通傳達方面的技巧，而使我想要說的很快就能被別人所理解；而文學則可以引導我進入其他人的世界中——瞭解他們的生活、他們的價值觀、他們的個性、他們與周遭世界的互動影響；對於那些想要成為革新者的工程人員來說，所有的這些事情都是他們必須列入主要考量的。[39]

即使是將被記錄於工程年鑑中，而被譽為全世界最傑出的那些工程師們……也不會只是狹隘地將他們的焦點置於某些學科之上。或許那種能夠定義出真正的革新者、帶有神祕性的「X要素」……正以某些方式而來自於他們的其他興趣中。

各位想知道些實例？好吧！雷佛爾便是我所喜愛的一個例子。他可說是現代化學的創始者，這是大家幾乎都知道的事情。但是，他在哲學、科學化的農耕及科技方面，也都算是一位開路先鋒者……而且在他的那個時代中，他在金融、經濟、公共教育及政府事務方面，也都算是一位卓越的人物。這種情況或許會讓各位懷疑到：他怎麼還能有足夠的睡眠時間呢？[40]

當然，在十八世紀的那個年代裡，要想對所有事物都有相當的瞭解，要比現今來得容易多了；這是因為我們的知識大約每隔十年到十五年，便會呈現倍數的成長。但是，這並不表示說我們就可以不必去做任何嘗試。在我們的年代裡，也曾出現過像愛迪生之類擁有著廣泛興趣、而又充滿創意的天才；或是像富勒這位在建築、汽車設計、城市規劃、教育，甚至於在科技上亦充滿完美人性化的人物——當然，這只不過是他諸多興趣中的一小部分而已。

雷佛爾、愛迪生、富勒及許多人，都不僅只是工程師而已。這些人並未讓自己被侷限在他們的試驗工廠或是他們的實驗室中；他們都擁有廣泛的興趣。他們在生活中都把腳步向外拓展，同時去進行許多其他的事情。[41] 而我希望各位也都能像他們一樣。[42]

在追求這種功能上的專業與廣度之同時，我還要建議各位的則是：去發展三種各自獨立但卻能相互造成彼此強化的技能，那就是分析並解決問題、說服力、觀察力。

各位並不需要對分析與解決問題感到太過憂慮，因為這方面正是美國式教育的拿手之處。在訓練工程師、會計師、金融財務人員、系統分析師及其他各種專業人員的時候，都會安排讓這些人與組織、分析及處理各種資料，並且找出各種問題的解決方案，與制定決策等做一連結。因此，要使你自己在這方面能夠獲得發展，你只需要在各種基本的學科與分析性的技巧上，獲得一種堅實穩固的學術背景即可。只要你所奠定的基礎越好，那麼當你置身於一種情況不斷發生各種改變以及一種新資訊不斷衝擊的環境下，解決問題的能力也必定會優於其他人。

第二種主要的技能領域，便是說服力。[43]

回溯到西元一八六五年時，曼道爾在遺傳學方面就已經獲得了許多重大的發現；但是這些發現在長達三十五年的期間內卻不曾產生任何影響。部分的原因乃是因為在十九世紀時的解剖學與生理學，還不能夠接受分離的遺傳單位這種概念；此外，曼道爾所使用的統計方法論，對於他那個時代中的生物學家們而言，可說是全然陌生的。但是，這段三十五年的時間落後，可能也與下列這項事時有所關聯：曼道爾是一位虔誠的僧侶，他居住在捷克境內之摩拉維亞的一處修道院中，過著與世無爭的生活。

或者我們也可以想想艾爾力這位曾獲致劃時代之發現的人物，他發現到DNA（去氧核醣核酸）的確是遺傳上的原料——這是在西元一九四四年的事情，比華森與葛瑞克找出它的正確結構及功能還早了二十一年的時間。那麼，艾爾力的貢獻在當時為何並未獲得人們的認同呢？[44] 關於這點，在《科學化的美國》這本書中就有一篇文章談到了他的「沉默、不愛出風頭、不好議論的」個性。這與李．艾科卡那種活潑而又精力充沛的類型，可說是截然不同的。[45]

但是，各位如果想成為一位革新者，你就必須讓自己擁有一些李．艾科卡的風格。每一位革新者都將會遭遇到抵抗，因此，每一位革新者都必須要能夠將他／她的觀念推銷出去——去影響、吸引、說服、改變或是妥協；讓人們能夠對他／她的各種觀念賦予一種公正的評判，[46] 不論這些觀念中所傳達的是什麼。

你應該如何做，才能讓自己在這個領域中有更佳的表現呢？你應該把重點強烈地放在你的人際之間，以及溝通傳達的各種技巧上。確定你自己修習過某些和語言、修詞、寫作、人類行為或是說話溝通等有關的課程。並且參加各種的團體活動、俱樂部或是組織；讓你自己做好萬全的準備，以便在你碰到有說服人們的某個機會時，就可以把這些觀念付諸於行動。[47]

最後，在你訓練自己能夠從事革新時，[48] 你必須去發展你的想像力、你的直覺、你的觀察力。你必須讓自己有點像是那些企業家、那些夢想家、那些空想家、那些雖然未能看到下一個目的地但卻對這個目的地相當清楚的「水手們」。[49] 這些人都是對於目的具有一種強烈感覺的人們……而且對於這些事情會以何種方式來發生，也都有著極強的信念。

在企業界中，這些人就像是IBM的創始者湯姆華特生……就像是創造出現代化的通用汽車公司之架構的艾爾佛瑞……就像是將他的遠景相當清楚地陳述出來的亨利福特：「我將要為絕大多數的群眾建造一部汽車……在價格上是如此低廉，而讓每一個人[50]都有能力購買，並且與他的家人在極為寬敞的汽車空間裡，共享全家歡聚的快樂時光。」

你應該如何做，才能讓自己變得更像是一位夢想家呢？很不幸地，這種能力實在是很難藉由教導就可學會的，而且也不是在學校中更努力於課業就能竟其功的。要使自己具備這種能力的最佳方式，就是讓你自己置身於各種的實例當中：閱讀那些在政治上、企業上及藝術上有所成就之夢想家們的傳記；接受在宗教研究、哲學、藝術史及文學方面的相關課程。

當然，我知道各位或許會認為我把科學上的革新與詩人及藝術家們來做一比較，聽起來似乎有些過於牽強，[51]但事實上卻並非如此：他們全都在想像力的領域中投入了許多的時間，而且他們對於各種事物也都擬思出完全嶄新的排列。那些藝術上的革新者以近乎飛躍的方式，進入一種全新的聽覺或視覺的方法中……實際上，[52]與那些科學上的革新者躍入一種嶄新的思考方式，兩者之間其實是沒什麼不同的。

各位，我今晚已談論了許多的原因及背景，現在就讓我來為大家做一總結：[53]革新與發明乃是兩件並不相同的事情。雖然我們兩者都需要，但真正驅動經濟成長與人類進步的則是革新，它乃是各種實際的產品與過程的發展。但是，我們並無法保證一定能夠獲致進步與革新。這也就是我們的社會在提倡革新……我們的公司企業在組織及準備革新……以及身為個人的我們，還有即將成為未來之領導者的在座諸位，在接受有關革新之訓練的這些事情上，為什麼是如此重要的原因所在。[54]

由我今晚所說的內容中，我希望各位能夠很清楚地瞭解到一件事實：雖然並無任何單一的領域可對革新造成一種獨佔權，工程的見解與工程的訓練對於產生各種革新的觀念而言，可說是相當適合的。[55]艾沙克[56]曾說過的一句話，我認為用在此處乃是最恰當不過了：「科學能夠使我們感到欣喜安慰，並讓我們所有人都對它醉心不已，但是改變這個世界的則是工程技術。」

你們都擁有一個機會來改變這個世界，[57]我希望大家能好好地善用這個機會。

說明——

1. 演講者從與指定題目相關的事情開始他的演說，題目為「透過革新，獲得進步」，並且將聽眾視為「未來的領袖」。
2. 和演講者的目的一樣，每一個句子必須和接下來要說的內容有關，例如，「接下來我要幫你扮演好你的角色」，這種開場白正好也展示了演說的架構：定義、批評、結果和另一個結果（指的是根據觀眾的反應做出的行動而導致革新）。
3. 在句子裡引介革新的定義，（實際上是顯示創造與革新之間的差異），這個名稱是由軼聞趣事而來的（在Clifton Fadiman的書裡提過），當然我也可以直接引用杜拉克說過的話，但是軼聞趣事可以增加說故事的成分，因為每個人都喜歡聽故事，這樣就會讓定義變得生動起來，而且女性聽眾的反應很好。
4. 要注意如何舉例很重要，在舉例前要先給觀眾足夠的訊息，例如，聽眾還不是很清楚強生拜耳是誰就以他為例子，會使聽眾聽得模模糊糊。
5. 不需要花時間介紹彼得杜拉克，因為聽眾對這位知名的管理學學者和顧問都很熟悉了。

6. 從這裡可以看到一個想法如何經由例子發展出來。
7. 注意口語化的語言，像是意思模糊的「你們」。
8. 抽象的觀念要用具體的例子來表達。
9. 藉著重複之前討論過的話題使演說產生連慣性，例如，創造與革新的中斷。
10. 在進行下一個主題以前，演講者應該對於之前演說過的內容做一個簡短的總結。
11. 要注意如何引述他人的言語，必須要有明確的資料來源。
12. 在一段爭議性的說明後面適當地提出反問，演講者似乎正好反映了聽眾心中的疑問。
13. 用一個例子來作為有力的結尾：這三個觀念要依照真實生活中發生的狀況，按照順序來安排。
14. 要注意關鍵論點如何在一段章節裡完整發展：(1)說明；(2)重複（這種補充性的重複可以彌補前頭沒有說明到的部分）；(3)舉例；(4)提供更多訊息的重複。
15. 再一次注意重要的論點在這段內容和之前提過的部分如何發展，首先先用「我現在要……」作為開頭，之後再舉例。接下來以「我要說的是……」來強調，然後再詳細地重複一遍，將要表達的論點講得非常明白。
16. 在句子裡對聽眾建立與主要內容有關的事情。
17. 「主題對主題」的標語：用來重述之前提過的要點，給聽眾一個關於其他部分演說的摘要。

18. 持續提供聽眾更多的指南，使他們有所期待。記住要一直幫助聽眾瞭解接下來要提到的演說架構。
19. 要注意非人稱的個人風格，例如，「……對於這個，『沒有人』知道答案」。
20. 注意口語化的說話方式（和這種方式相對的，例如，「當所有的因素同時發生，結果可能就會讓人難以忘懷」）。
21. 根據我的瞭解，這些要點並不為大眾所熟知，所以演講者不可以以它們為基礎知識。唯有正確的資訊才能傳達正確的知識。
22. 注意說話的節奏：簡短的句子用在不連貫的事件上。
23. 見說明22。
24. 整段為一句標語，演講者在一次簡單扼要地說明之前提過的論點，並且讓聽眾對接下來的內容有所準備。
25. 再一次，一個非常周到詳細的結構：首先介紹「對照」這個觀念，然後以籃球和橄欖球為例說明這個觀念，接下來清楚仔細地說明為什麼現代的管理方式比較像籃球。
26. 句子之間的關係就像路標一樣，表示這兩句話之間的關係。
27. 注意每段與每段間的轉變，這兩個例子也許可以用簡單的「也」字連接，但是這個字可能會因為說得太快而被聽眾忽略，而這個字正好是連結這兩點的要素（例如，這兩者都是組織革新這個觀念的方法）。有耐性地引導聽眾瞭解演說的內容，就像是帶領他們走過條條大路與支路，循序漸進的重要性是再怎麼強調也不為過。

28. 重複主題可以幫助聽眾保持同樣的思路。
29. 在轉移到別的公司前，注意要重提「這些就是我告訴過你們的摘要」。
30. 對聽眾建立與主要內容有關的事情：關於創新公司的資訊並不是純學術性的知識，它可以幫助聽眾瞭解生涯規劃。
31. 注意標語和有聲錄影帶中的意象，同時注意不要讓人覺得你高高在上，在演說中適當地使用「讓我們來談談你」，會讓人覺得你很親切。
32. 注意我如何將考慮中的論點拉回演說的中心主題並且與之結合。
33. 「為什麼？」這個問句在聽眾參與的相互作用中，讓人覺得彷彿是演講者親口說的。
34. 引述要小心的鋪陳，與這個人引述的難解之處成比例。通常是不需要提到這本書的書名，但在這裡我是為了要增加這段引述的可信度。
35. 這句話正是這段引述的開場白，藉著這種「事先聲明」的措詞來讓聽眾對這段引述有所準備。
36. 這裡需要詳盡結構的理由和作者的難解之處不太一樣（聽眾中如果有機械系的學生，就知道他是誰），但重要的是他打破立場的洞察力。

37. 注意兩句的交叉提示語。

38. 反問句的使用可以讓聽眾感受到一種對話的感覺。

39. 以個人經驗來舉例可以使聽眾信服。

40. 演講者不但要預先考慮到聽眾對於他演說內容的反應，還要顧慮到他自己的反應。這樣的技巧可以使演說生動的有如人在說話一般，而不是在唸一本書似的索然無味。

41. 要留意重複關鍵論點的技巧還有句子的結構——它們都很短，而且都以「他們」開頭來加強和重複。

42. 對聽眾鋪陳相關的事物（以免他們老是想「他為什麼要告訴我這些」）。

43. 注意提示語。

44. 見說明33.。

45. 見說明40.。

46. 要使用他（她）兩種代名詞，以避免性別歧視的措詞。

47. 在這個地方演講者建議經由重複的句子結構而加強——用三句連續的句子來做禮貌性的命令。

48. 要留意傳遞「一系列事情的最後」這個觀念的標語，以及重述考慮中的論點。

49. 「做一個夢想家」這個想法對一個機械系的學生來說也許稍微新奇了點，所以需要適當地重複：用三個字來舉出渴望的特質，再加上一個隱喻（一個「部分隱喻」，因為實際上既不是隱喻的水手——企業家——也不是可以真的看到他們目的地的那些人）。

50. 我已經校定過這段引述，亨利福特實際上說的是「沒有人」，我知道——我告訴你不要做那個，但是對這段重要的引述而言，這只是個非常微妙的改變。「沒有人」似乎將注意力從這個衝擊力分散開來。這是個宣示性的要求。

51. 另外一個製造相互作用演說的例子，是預先考慮聽眾對於主題內容的反應。

52. 注意鼓勵性的字詞，以及它本身微妙的寓意：「事情就是這樣的」。

53. 提示語讓聽眾對接下來的摘要有所準備。

54. 藉由重述精彩內容的方式來做總結。

55. 向聽眾提及主要內容來作為結束。

56. 艾沙克是另一位不需要向聽眾介紹的知名作家。

57. 一個關於「終曲」（或是「結語」）的例子，就是重複部分的引述。終曲分為三個結束的步驟（第一個是摘要，第二個是與聽眾有關）：憧憬——演講者希望將來會發生的事。

最佳講稿撰寫 Speaker 02

著　　者／Alan M. Perlman
譯　　者／林淑瓊
出 版 者／揚智文化事業股份有限公司
發 行 人／葉忠賢
總 編 輯／孟　樊
執行編輯／鄭美珠
登 記 證／局版北市業字第 1117 號
地　　址／台北市新生南路三段 88 號 5 樓之 6
電　　話／(02)2366-0309　2366-0313
傳　　真／(02)2366-0310
E-mail／ufx0309@ms13.hinet.net
印　　刷／偉勵彩色印刷股份有限公司
法律顧問／北辰著作權事務所　蕭雄淋律師
初版二刷／1999 年 4 月
ISBN／957-8637-94-2
定　　價／新台幣 280 元
郵政劃撥／14534976

南區總經銷／昱泓圖書有限公司
地　　址／嘉義市通化四街 45 號
電　　話／(05)231-1949　231-1572
傳　　真／(05)231-1002

本書如有缺頁、破損、裝訂錯誤，請寄回更換。
版權所有　翻印必究

國家圖書館出版品預行編目資料

最佳講稿撰寫／Alan M. Perlman 著；林淑瓊
譯. -- 初版. -- 台北市：揚智文化，1999 [民
88]
面；　公分. --（Speaker；2）
譯自：Writing great speeches：
professional techniques you can use
ISBN　957-8637-94-2（平裝）

1. 寫作法 2. 演說術

811.1　　　　88001297